U0003331

成寒英語有聲書 ⑤

一語動人心

成 寒 ◎編著

Quotations
that Inspire the World

〔推薦序〕經典名句的妙用〔李振清〕　　3
〔前言〕經典名句，讓英語演說及寫作更有力　8
如何從網路搜尋經典名句　　15
假的名人語錄　　17

有夢最美　Dreams and Dreamers　　20
青春成長　Youth and Growth　　32
信仰與愛　Religion and Love　　41
教育學習　Education and Learning　　52
家庭教養　Family and Parenthood　　65
朋友之道　Friendship　　72
男女情愛　Love and Relationships　　83
女人有話　Words from Women　　96
處世經驗　Life Experiences　　112
智者箴言　Wisdom and Sense　　124
讀書寫作　Reading and Writing　　139
文學藝術　Literature and Art　　152
戰爭和平　War and Peace　　165
錢財經濟　Money and Economics　　176
名聲廣告　Fame and Advertising　　188
幽默嘲諷　Humor and Satire　　198
科學大師　Science Gurus　　209
經營管理　Management　　220
科技產業　Hi-tech Industries　　229
話說政治　Politics and Politicians　　242

目　錄

推薦序

經典名句的妙用

李振清

美國《新聞週刊》(Newsweek)曾經有一篇主題報導(Cover Story)，以 "English, English Everywhere" 來概述英語的現實地位，文中特別強調：「不管你喜歡英語，或厭惡英語，英語已經成為地球上最能為大家所公認的國際語。」

學英文或任何語言，功能上相輔相成的寫作、閱讀、聆聽，與口述，甚至翻譯（包括口筆譯），必須同時並進，方能獲得最佳成效。

我自初中三年級開始，就有寫（中文）日記的習慣，所以感受很深。有時在報章、雜誌上讀到精采優美的動人辭句，我會情不自禁地抄寫在日記裡。後來在寫作或說英語時，自然也會把平日所蒐集的優美英語文辭，借用在個人的英語詞彙中。

在師大英語系大二期間，因為勤讀英文小說，我逐漸領會到英美文學作品及其文字的優美，從而摹仿其文詞、句構、語意與意境。當時教小說選讀的是一位令我敬愛、英國文學造詣極深的翻譯

名家，吳奚眞教授。吳老師當年選讀哈代（Thomas Hardy）的名著《卡斯特橋市長》（*The Mayor of Casterbridge*）；這是我一生首次**精讀，甚至背誦部分章節的英國文學作品，對日後的英文寫作有很大的影響。**

大一、大二時期所精讀的英文小說，除了哈代的作品外，我還利用暑假精讀夏綠蒂·勃朗特的《簡愛》（*Jane Eyre*）及艾蜜麗·勃朗特的《咆哮山莊》（*Wuthering Heights*），同時，把莎士比亞的劇作《凱撒大帝》（*Julius Caesar*）其中一段，馬克·安東尼（Marcus Antonius）及布魯特（Marcus Brutus）的辯論演說，全部背誦下來。後來，我又熟背林肯總統的「蓋茨堡演說」（Gettysburg Address）。這些經典之作，不僅表現出英文文字之優美，更能凸顯出放諸四海皆準的人生哲理，且作品簡潔有力、鏗鏘有聲，也是我用以寫作英文與口語表達的基本範例。

大三時，陳祖文教授介紹的英詩選集中的波珀（Alexander Pope）、雪萊（Percy B. Shelley）、濟慈（John Keats）、華滋華斯（William Wordsworth）、佛洛斯特（Robert Frost）等，讓我融入英文句構與詩詞之美，及永恆的眞理之詮釋。如今，當我再度細讀這些舊時代的英文作品時，倍覺趣味無窮。有時，見景生情，優美動人的詞句，也會油然而生。這種樂趣，都是拜「泛讀」與「背誦」之賜。

大三時，張芳杰教授教我們英文作文，我每次都能在兩個小時內，一口氣寫出約十頁的英文作文，張老師深感好奇，推論說：你

看了不少英文書刊及小說，從而經過「內化」（Internalization）的過程，轉化為自己的寫作素材。

楊景邁教授所教的大四英文，偏重於現代文學作品。讀了作品後，還要用英文寫心得。對英文寫作要求甚嚴的楊老師，他的法寶是利用另一種替代方法解決：讓同學們「分段背誦」簡易改寫過的整本英國文學作品。學生可以隨時到楊老師家去背書，並請求指點。背好之後，楊老師給分數，累計在學期成績上。

我們必須了解語文學習及運用過程中，聽、讀、說、寫、譯相輔相成的必要性。很多人一心一意想學好「英語會話」，因而投注全部時間和精力在「說」與「聽」的能力方面。結果到頭來，發現英語「說」與「聽」的能力仍侷限於狹小的範圍裡，僅具極有限的溝通能力。道理很簡單，「說」與「寫」的語言技能（Language Skills），在理論上屬於「表現性的技能」（Productive Skills），其基礎必須建立在「接受性的技能」（Receptive Skills），亦即「讀」與「聽」之上。

換句話說，「讀」與「聽」的能力等於電腦術語中的Input，而「說」與「寫」等於Output。訓練英語會話能力，必須先以閱讀素材，或所聽到的資料加以「墊底」，方可能逐步將這些吸收的資料，經由「內化」的過程自然轉化為「說」與「寫」的基礎。因此，**要說得好、寫得順暢，必須先由「閱讀」及「聆聽」，吸收文章中的辭彙、語法、修辭及句構等，從而提昇「說」與「寫」的內涵與寫作的基本能力，這才是英語學習的正確途徑。**而「說」與

「寫」的實際語言活動，又可自動強化「閱讀」及「聆聽」的基礎。

在閱讀的過程中，每遇到好的句子，尤其是那些神來之筆、充滿文采妙思的絕佳好作，我就立刻抄下，並輸入電腦硬碟及磁碟中。我蒐集的英文資料，分為「優美的英文」（Good English）、「新時代英文」（New English），及「震撼性的英文」（Powerful English）等類。英文中，我又各配以適當的中文翻譯。這種歷練，及平日常瀏覽的結果，幫助我在不知不覺中，把從閱讀與聆聽而蒐集來的資料，不斷地應用於說（如演講及交談）與寫作中，成效極佳。

《成寒英語有聲書5：一語動人心》是成寒小姐多年閱讀英文名著及文章所蒐集的經典名句，貼切的中文翻譯，加上優美的英語配音，值得讀者反覆聆聽，細細品味前人智慧文章的菁華。以筆者個人英語教學多年的經驗，非常樂意推薦給所有的讀者。

在這知識經濟與全球化的大時代裡，語文表達能力是人際溝通不可或缺的基本技巧；而英語文聽、讀、說、寫、譯能力的提昇，更是現代人邁向二十一世紀不可忽略的基本素養。根據國際評比，當前台灣全民的英語文能力普遍地滑落，國家競爭力與行政效能也不可避免地受到影響。環顧我們亞太地區的鄰邦，提倡英語文能力與推動國際化政策已成為互為表裡的全方位運動。《成寒英語有聲書5：一語動人心》引用英語世界的名家經典之作，簡明有力，句句均可作為學生英文作文、專業寫作或演說的參考，一如過去我引

用的寶貴英文資料一般。相信熟讀這本有聲書，必可逐步因感受其內容所呈現的英語文之美，從而引發進一步學習英語文的動機。這是國家積極推動「挑戰2008」及提升全民英語的同時，很值得推介的一本大眾化的精采好書。

本文作者李振清博士現任世新大學人文社會學院院長，前教育部國際文教處處長、前國立台灣師範大學英語研究所專任教授兼國語中心主任，暨國立台灣大學外文系兼任教授、夏威夷大學客座教授。李振清博士並曾於1992-1997年期間，為教育部借調擔任駐華府「駐美代表處文化參事兼文化組組長」。

經典名句，
讓英語演說及寫作更有力

如何讓你的演說和寫作更有力？（How to make your speech and writing more powerful?）

首先要閱讀許多書，有了內涵，自然下筆如神。但是，如果自己一時想不出鏗鏘響亮、擲地有聲的句子，告訴你最簡單的方法：那就是套用經典名句（quotations）。從前人的文章和談話中，去學習這些句子的多重意義和各種用法。

英語影響經濟

語言能力是人的一種神奇本領。只要是正常人，從幼兒牙牙學語開始，似乎就能從生活經驗中自然學會語言。語言又是一種思維載體，**有了共同語言來傳遞思想、交換知識，人類的文明才卒以建立**。語言又影響著文化的發展，說話談吐的文雅與否，關乎人的整體內涵及素質，對整個社會的發展有或隱或顯的重要性。

時至今日，英語已在商務往來中成為國際通用語。任教於普林斯頓大學的著名經濟學家克魯曼（Paul Krugman）在1999年甚至以

〈想要經濟成長？那就說英語！〉（Want Growth? Speak English!）
為題，在《財富》（*Fortune*）雜誌上發表專文。這意見或許有些說
過了頭，但國民的平均英語水準，確已被視為非英語系國家競爭力
的一大因素。而今，在中、韓、日、台等國家，學英語可說是一種
全民運動。

運用英語上戰場

　　1963年，甘迺迪總統在白宮代表美國政府頒贈榮譽公民予英國
首相邱吉爾的致詞中說：**「他運用英語上戰場。」**（"He mobilized
the **English** language and sent it into battle."）推崇邱吉爾的人
格、雄才，以及他演說的語言和筆下的文字，使得英語在二次世界
大戰中發揮了鼓舞人心的戰力。我們苦學多年的英文，是否也能在
人生、職場中成為我們的助力呢？到底要怎麼做，才能讓英語在對
話、寫作中表現出內涵，言之有物呢？

　　台灣連鎖書店金石堂的廣告詞中，有一句引用《荀子》的「贈
人以言，重於金石珠玉。」**語言若說是有重於金銀財寶的價值，那
是因為其中人物的人格容量和名言中的思想涵養。**許多漂亮話或大
話或許曾在報刊上盛行一時，卻很快被淘汰。但有些名言，卻因說
話人物的份量和時代的意義而流傳下來，這就是「經典名句」的來
源。

適度引用非抄襲

　　為什麼多讀 quotations 是快速而有效的英語學習方式？

2003年諾貝爾文學獎得主，南非作家柯慈（J.M. Coetzee，大陸譯：庫切），就曾經沿用詩人艾略特（T.S. Eliot）1944年的一個著名演講題目〈何謂經典？〉進行演講。但他的演講內文卻對艾略特的經典觀作了無情的解剖，提出相反的論調。最後結論：「經典通過頑強存活而給自己掙得經典之名。」

我們回顧一下，為何以下這些名言能廣泛流傳？

因為其中有感情、思想、生命經驗的累積，有凝聚國民共識的真知灼見，有許多成了感動時代人心的話，被人們廣泛的引用。適度的引用經典名句，並注明出處，就不算是抄襲。如叫人要多讀書，可引用微軟創辦人比爾・蓋茲的話：**「我童年時有許許多多的夢想，而這些想法都得力於經常閱讀。」**（I really had a lot of dreams when I was a kid, and I think a great deal of that grew out of the fact that I had a chance to read a lot.）

經典名句，中英相互印證

經典名句可說是人類經驗智慧之結晶，其中，或有中西巧合，或有古今相近之處。

*　　　　　*　　　　　*

老子《道德經》第十四章有句：「千里之行，始於足下。」

美國國務卿鮑爾（Colin L. Powell）2003年12月在接見中國的官方代表時，也用英文說出："A journey of a thousand miles begins with the first step."

*　　　　　*　　　　　*

《論語》曰：「近之則不遜。」

某年大學聯考英文科也有類似的考題："Familiarity breeds contempt."（過度親密，易生侮慢之心。）

　　　　＊　　　　　　＊　　　　　　＊

中文成語：「熟能生巧。」

英文成語："Practice makes perfect."

　　　　＊　　　　　　＊　　　　　　＊

中文成語：「打鐵趁熱。」

英國詩人德萊登（John Dryden）也說出相似的話："We must beat the iron while it is hot, but we may polish it at leisure."（打鐵要趁熱，要磨亮它則可慢慢來。）

　　　　＊　　　　　　＊　　　　　　＊

多讀經典名句，可提升英文寫作實力；善用經典名句，也可發揮和英美人士溝通時的潤滑作用。而其中的智慧、經驗，可強化你對英文字句的理解和吸收。

善用經典名句，有加分效果

不論是中文或英文，一般常用的字彙量在 5,000 至 8,000 之間就夠用了。可是光認識個別的「字」是不夠的。在文章或談話中，引用經典名句或前人的話，常能發揮更有力的作用。因此，諸如「塞翁失馬，焉知非福」、「朝三暮四」等成語，乃至孔子曰、孟子說、國父說，都是許多人在學生時代的作文裡常引用的。

世界名人的經典名句，或許我們並非完全理解它或喜歡它，卻不能不感覺到其中的份量，有來自智慧思想的結晶，也有來自生命感情的提煉。其中又可分為「箴言」和「雋語」，箴言如當頭棒

喝，讓我們在人生行旅中暫時駐足和面對問題省思；而讀到雋語時，又讓我們偶有會心一笑，甚至歡喜雀躍繼續前行。

善用英語「經典名句」，在英語寫作或演說時有加分的效果。

在西方，康明斯（David H. Comins）曾說過：「如果你告訴別人，你要講的，當初富蘭克林也這樣說過，別人會較容易接受。」（"People will accept your ideas much more readily if you tell them Benjamin Franklin said it first."）

法蘭西斯（Brendan Francis）也如此說：「在演講、文章或書中引用經典名句，就如步兵手中擁有了來福槍，發言就有權威的力量。」（"A quotation in a speech, article or book is like a rifle in the hands of an infantryman. It speaks with authority."）

《史記》中有「三寸之舌，強於百萬之師」的說法。二次大戰中，邱吉爾以其雄辯口才和文辭，鼓舞了同盟國奮戰的民心士氣，在西方世界樹立了英雄形象。1953年，邱吉爾以一政治家，憑其回憶錄《第二次世界大戰》，破天荒獲頒諾貝爾文學獎。頒獎詞中不僅推崇他寫史立傳的文筆，更推崇他「以聰智的演說辭捍衛了崇高的人類價值」（for his mastery of historical and biographical description as well as for brilliant oratory in defending exalted human values）。

如何套用經典名句？

美國第三十五任總統甘迺迪於四十三歲那年當選，是美國有史以來最年輕的總統。他的「就職典禮演說」（inaugural speech）發表於1961年，全篇氣勢磅礴、字字句句鏗鏘有力，當然這也有可能是幕僚代為操刀的。不過，據說甘迺迪懂速讀，每個禮拜閱讀十本

書，還曾經以一部傳記獲得普立茲獎。

這篇就職演說辭中最著名的一段：

"Ask not what your country
can do for you;
ask what you can do for your
country."

不要問國家能爲你做什麼；
要問你能爲國家做什麼。

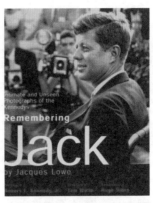

▲《追憶傑克》一書封面上被攝影
　記者簇擁的甘迺迪總統

甘迺迪這段簡潔扼要的演說辭，經過巧妙套用，你我都可以輕易寫出更漂亮、更有力的文章。我們可依個人情況將句子改成：

「不要問**公司**能爲你做什麼；要問你能爲**公司**做什麼。」

"Ask not what your **company** can do for you; ask what you can do for your **company**."

＊　　　　　＊　　　　　＊

「不要問**學校**能爲你做什麼；要問你能爲**學校**做什麼。」

"Ask not what your **school** can do for you; ask what you can do for your **school**."

＊　　　　　＊　　　　　＊

「不要問**父母**能爲你做什麼，要問你能爲**父母**做什麼。」

"Ask not what your **parents** can do for you; ask what you can do for your **parents**."

　　《成寒英語有聲書5：一語動人心》是一本為追求人生成長和努力學習英語的讀者而編寫的書，既是作者個人讀書心得的整理分享，也是和讀者做感情與思想交流的材料。希望藉由英文原句、中文解說、英語錄音三部分的素材，提供讀者另一塊人生見聞和英語學習的敲門磚。

　　法國作家羅曼‧羅蘭（Romain Rolland）說過：「一本偉大的著作，並不是將訊息銘記在腦上，更重要的作用是可以打開其他的視野；由作者向讀者傳遞一種點燃文明精神的星火，再散播成為激勵人心的燎原之火。」在收集撰寫本書的過程中，成寒衷心期盼，這些前人的箴言雋語，一些有關學習、信仰、愛情、生命的智慧火花，不僅能在英語學習的園地中，點燃讀者心中的火種，也打開讀者認識世界人生的寬銀幕。

　　這本書的完成，成寒在此真誠感謝幾位平日喜好沈迷書海、漫遊網路的知音朋友，分別貢獻出個人珍愛的經典名句，又上窮碧落下黃泉，幫我搜尋出數百則經典名句，I couldn't do it without you. Thanks!

　　＊有關英文學習的問題，請參閱成寒著《英文，非學好不可》一書。

◀羅曼‧羅蘭

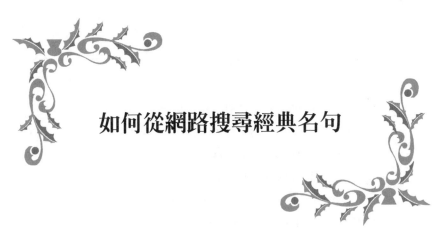

如何從網路搜尋經典名句

前人的話，成千上萬，何處才能找到合乎自己臨時急用所需的經典名句呢？市面上有許多常見的 Quotations 辭典，如：The Oxford Dictionary of Thematic Quotations, Bartlett's Familiar Quotations。

可是，書到用時方恨少，這句成語用在 Quotations 亦然。

感謝 Internet 的發展，網路上有許多人將自己長年收集的 Quotations 放入專屬網頁公諸同好，可依主題、人名、關鍵字來檢索。以下列出一些網址供讀者參考：

首先，在雅虎網站的 Reference 項目下有提供 Quotations 供搜尋：http://dir.yahoo.com/Reference/Quotations

以下各家網站也各有特點，讓讀者自己去發現和探索。

http://www.quotationspage.com/quotes

http://www.wisdomquotes.com

http://www.brainyquote.com

http://www.bartleby.com/quotations

http://www.nonstopenglish.com/Reading/quotations

http://www.quoteworld.org

http://www.quotesquotes.com

http://www.bartleby.com/63

http://cyber-nation.com/victory/quotations

http://home2.planetinternet.be/verjans/personal_quotes.htm

http://www.ariga.com/frosties/index.shtml

http://www.gdargaud.net/Humor/index.html

http://www.thinkexist.com/English/Default.htm

http://www.cs.virginia.edu/~robins/quotes.html

http://www.quoteserver.ca

http://en.thinkexist.com

如果您還是覺得不夠用的話，那可以到 Google 的網站：http://www.google.com ，運用你的聯想力，鍵入「關鍵字」，利用其強大的搜尋功能，依個人需要找出相關的 quotations，上天下地搜索一通，常會有出乎意外的發現喔！

例1：若要查「馬克吐溫」有那些名言常被引用——

方法：在搜尋欄鍵入Quotation, Mark Twain 等字，就有上萬條資料（有許多重複）跑出來，供你清點檢索。

例2：如要查柯林頓總統在北京大學的演講稿——

方法：在搜尋欄鍵入 Clinton, Beijing University, speech 等字。如果想知道他提到「胡適」的部分，可再鍵入 hu shi 等字來縮小搜尋範圍。

例3：若要查德蕾莎修女對「愛」的闡釋——

方法：可在搜尋欄鍵入 Mother Teresa, love, quotation 等字，找出她常被引用的句子。只要反覆試一下，你就能發現搜尋竅門所在。

假的名人語錄

　　我們經常從平面媒體、電視廣告、著名將領、總統和反戰抗議者的口中聽到他們引述美國第十六任總統林肯（Abraham Lincoln）的話，但事實上，大多數的引述其實是別人捏造的，林肯從未說過這些話。

　　有人說：「**由於林肯在歷史上的地位有如文化楷模，他似乎可為任何需要引證的人提供必要的背書，如果找不到一句林肯的話，那就編造一句。**」

▲林肯總統

　　伊利諾州歷史文物保存局（Illinois Historic Preservation Agency）在網站上特別闢了一頁：http://www.illinoishistory.gov/facsimiles.htm, 指出林肯未曾說過的一些名言，其中包括：

　　「當應該抗議時保持沈默，這種罪使人變成儒夫。」（"To sin by

silence, when they should protest, makes cowards of men.")這句話是麥克阿瑟將軍在離開韓戰軍職後，在演說時所引述，事實上出自美國女詩人艾拉‧韋爾考克斯（Ella Wheeler Wilcox）的詩句。

「沒有光榮的殺戮方法，沒有溫和的毀滅方法，戰爭的惟一好處是它的結束。」（"There's no honorable way to kill, no gentle way to destroy. There's nothing good in war except its ending.")這是《星艦迷航記》（*Star Trek*）電視劇集中飾演林肯者所說，卻被反戰抗議者引述為林肯名言。

「國家的力量在其人民的家中。」（"The strength of the nation lies in the homes of its people.")這句話常被房屋建築商和房地產商引述。

至於林肯的名言：「你可能在短時間內欺騙所有的人，也可能長久欺騙一些人，但你不可能長久欺騙所有的人。」（"You can fool all the people some of the time and some of the people all of the time, but you cannot fool all of the people all of the time.")據稱是1858年9月林肯在克林頓（Clinton）的一場演講中說的，但這句話並未出現在當地報紙刊登的演講全文內，而是直到1910年有人回想林肯在1858年說過這句話。

＊　　　　＊　　　　＊

另一例子是有關電學大師法拉第（Michael Faraday, 1791-1867）的名言。

據說，有一回法拉第在解說一項新發明時，英國首相問他：「這東西會有什麼用處？」法拉第回答道：「大人，很有可能不久

之後，您就可以收取使用此項發明所帶來的稅金。」（"Why sir, there is the probability that you will soon be able to tax it."）

此一名言流傳甚廣，有鼓勵發明之用。但經後人查遍所有文獻，卻無法證實法拉第確有如此說過。

＊　　　　　＊　　　　　＊

在中文世界裡也發生過蘇東坡的故事：

北宋時代，蘇東坡應試，歐陽修任主考官，對蘇東坡所作的文章〈刑賞忠厚之至論〉大為讚賞，錄取為第二名。

放榜之後，蘇東坡前去致謝，歐陽修問說：「你的文章中提到，帝堯時代，有人犯罪，堯的司法官皋陶說了三次『殺之』，堯卻說了三次『寬赦』，這典故在哪一本書裡有記載呢？」蘇東坡答：「事在《三國志‧孔融傳》注。」

歐陽修查遍所有資料，還是找不到出處。於是，又問蘇東坡，蘇東坡說：「關於堯和皋陶的事情，書上是沒有記載，我個人推測，自然該是這樣。」

所以引用經典名句時，對出處也要小心考證，免得張冠李戴，惹來捏造亂抄之嫌，徒留笑話一場。

有夢最美
Dreams and Dreamers
CD＊1

每個人都有夢想，而這些夢想影響他們和世界的未來。
所以，請珍惜你我的夢想。

I have spread my dreams under your feet;
Tread softly because you tread on my dreams.
　　　　　　　—*William Butler Yeats*（*1865-1939*）

我把我的夢鋪在你的腳下；
腳步請放輕，因爲你踩的是我的夢想。

　　　　　　　　　　　　　—葉慈，愛爾蘭詩人

I have a dream.
　　　　　— *Martin Luther King, Jr.*（*1929-1968*）

我有一個夢。
　　　　— 馬丁・路德・金恩，美國民權運動領袖

　　這句話也可譯作「我有一個夢想」──每個人都有夢想，這句話人人都會說。1961年在華盛頓一場群眾大會中，美國黑人民權運動領袖金恩博士提出對人類尊嚴和種族平等的祈求。"I have a dream."短短一句話，包含了沈重的公義訴求，紮根在人權進展的歷史長流中，因時因地成了撼動千萬人心的世紀名言。

　　在講辭中，他說：美國在獨立宣言中承諾給予每一個人以生存、自由和追求幸福的不可剝奪的權利，但就有色公民而論，美國並沒有履行這項神聖的義務，只是給黑人開了一張空頭支票。他希望正義的夢想有兌現的一天。

　　金恩博士1964年獲諾貝爾和平獎，1968年遇刺身亡。

▲1977年美國發行的金恩紀念郵票

Hold fast to dreams, for if dreams die, life is a
broken-winged bird that cannot fly.

— *Langston Hughes*（*1902-1967*）

要抓緊夢想。一旦失去夢想，人生就會像一隻
折翼難飛的鳥。

— 朗斯頓‧休斯，美國非裔詩人

　　希望、理想，既是帶動生命前行的一雙翅膀，也是人生的責任。一代才女林徽音有詩：「肩頭上先是挑起兩擔雲彩，帶著光輝要在從容天空裡安排。」她以文學和建築做一生的兩大志業，在夢想的天空翱翔。青年朋友們，請珍惜自己的翅膀，快意於夢想的世界。

fast（*adv.*）緊緊地、牢固地
winged（*adj.*）有翅膀的

One of the things that my parents have taught me is never listen to other people's expectations. You should live your own life and live up to your own expectations, and those are the only things I really care about.

— *Tiger Woods*（*1975-*）

我父母教會我一件事：不要在意別人。我唯一在意的是，為自己而活，做自己想做的。

— 老虎伍茲，美國高爾夫球員

expectation（*n.*）期待
live up to 依照…而行、實現、達成
care（*v.*）在意、關心

All the world's greats have been little boys
who wanted the moon.

— *John Steinbeck*（*1902-1968*）

世界上的偉人，都曾是妄想天上月亮的小孩。

— 史坦貝克，美國小說家

　　人類因夢想而偉大，不可輕忽孩童的奇思異想。史坦貝克是
1962年諾貝爾文學獎得主，著有《伊甸園東》、《憤怒的葡萄》、
《人鼠之間》等。

great（*n.*）偉大、名人

▲史坦貝克

When I was a child, I was a dreamer. I read comic books and I was the hero of the comic book. I saw movies and I was the hero in the movie. So every dream that I ever dreamed has come true a hundred times.

— *Elvis Presley*（1935-1977）

年幼時，我是個夢想家。我讀了漫畫書就成了書中的英雄；我看了電影就成了電影中的主角。因此我所有的夢想都一次又一次成真。

— 艾維斯‧普里斯萊，美國歌手

出生於田納西州的貓王，以其魅惑的歌聲及全身煽動性的扭動舞步，聞名全球，人稱「搖滾樂之王」（the King of Rock 'n' Roll）。

comic book　漫畫書
hero（*n.*）英雄
come true　實現、成真

▲年輕時的貓王

Twenty years from now you will be more disappointed by the things that you didn't do than by the ones you did do. So throw off the bowlines. Sail away from the safe harbor. Catch the trade winds in your sails. Explore. Dream. Discover.

— *Mark Twain*（1835-1910）

二十年後你會更後悔你沒有做的多過你已做的。揚帆前行吧，離開避風港，乘著貿易風而行，去探險，去夢想，去發現。

— 馬克吐溫，美國作家

要勇於去嘗試、去發現。若老窩在安全的地方，那什麼事也不會發生。

disappoint（v.）使…失望	harbor（n.）港口
throw off　抛出、抛開	trade winds　信風、貿易風
bowline（n.）張帆索	explore（v.）探險
sail（v.）揚帆、航行	

A man is not old as long as he is seeking something. A man is not old until regrets take the place of dreams.

— John Barrymore（1882-1942）

人只要還有所追求，就沒有老。直到後悔取代了夢想，人才是真的老了。

— 約翰‧巴利摩，美國演員

約翰‧巴利摩是紅極一時的莎劇舞台演員，也演過默片，開創了巴利摩演藝世家，《霹靂嬌娃》（*Charlie's Angels*）的女星茱兒芭莉摩（Drew Barrymore）就是他的孫女。

regret（*n.*）後悔、懊悔
take the place of 取代

Some men see things as they are and say why.
I dream things that never were and say why not.
— *George Bernard Shaw*（*1856-1950*）

別人觀察既存的事物，問：爲什麼？
我夢想從未發生過的事物，而問：
爲什麼不這樣呢？

— 蕭伯納，英國劇作家

蕭伯納簡稱 G. B. S., 1925年諾貝爾文學獎得主。他的著名劇作《賣花女》（*Pygmalion*）改編成電影《窈窕淑女》（*My Fair Lady*），由奧黛莉‧赫本飾演賣花女，雷克斯‧哈里遜飾演一手調教她成爲淑女，然後又愛上她的教授。

▲蕭伯納

You may say I'm a dreamer, but I'm not the only one. I hope someday you'll join us, and the world will live as one.

— *John Lennon*（*1940-1980*）

你可能會說，我是一個夢想者；但我不是唯一的夢想者。我希望有一天你會加入我們，那這世界就會渾為一體。

— 約翰・藍儂，英國歌手

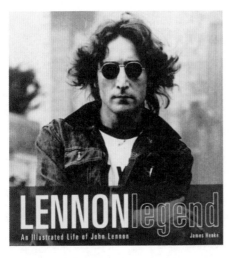

▲《藍儂傳奇》書影

曾經風靡全球的披頭四合唱團（Beatles），主唱者約翰・藍儂是世界和平的鼓吹者。

join（*v.*）加入
as one 如同一體、成為一體

A leader has the vision and conviction that a dream can be achieved. He inspires the power and energy to get it done.

— *Ralph Lauren*（*1939-*）

領導者擁有追尋夢想的願景及信念。他喚起力量和熱情去實現夢想。

— 勞夫‧羅倫，美國時尚設計師

leader（*n.*）領導者、領袖
vision（*n.*）洞察力、遠見、願景
conviction（*n.*）信念
achieve（*v.*）完成、達成
inspire（*v.*）引起、喚起、激勵
power（*n.*）能力、力量、動力
energy（*n.*）精力、活力、能量

The empires of the future are the empires of the mind.

— *Winston Churchill*（*1874-1965*）

智慧心靈的帝國，將成爲未來世界的帝國。

——邱吉爾，英國首相

在討論高等教育的價值時，經常引用這句話。大學一向被視爲知識的殿堂，1943年二次大戰期間，聲望正隆的邱吉爾作爲堅強盟友來到美國，祕密訪問哈佛大學，獲頒榮譽學位。他同時在 Sanders Theatre 作一場演說，他說：今天我們在知識殿堂中對學子們所建構培養的智慧心靈，將成爲未來世界的景象。邱吉爾在1953年獲得諾貝爾文學獎。

▲1965年加拿大發行邱吉爾紀念郵票

empire（*n.*）帝國
future（*n.*）未來
mind（*n.*）心、心智

青春成長
Youth and Growth
CD＊2

王安石有詩:「少年見青春,萬物皆妖媚。」青澀的少年、懷春的少女,交織出篇篇故事,使這個世界萬物充滿了生氣。

Childhood sometimes does pay a second visit to man; youth never.

——*Anna Jameson*（*1794-1860*）

人生或有可能返老還童,青春卻不再來。

——安娜・詹姆森,英國散文家

Youth comes but once in a lifetime.

— *Henry W. Longfellow*（*1807-1882*）

青春時光，人生只有一回。

— 朗費羅，美國詩人

　　每個人都有璀璨的時光，青春所以令人懷念，因爲那是他們最美麗無愁的年華。勸君惜取少年時。

　　朗費羅出生於律師家庭，與《紅字》作者霍桑在緬因州鮑德溫（Bowdoin）學院同學。1836年開始在哈佛大學教書，是十九世紀最受歡迎的美國詩人，詩作在大西洋兩岸風靡一時。他的許多首詩被收入美國的中小學課本裡，詩句有如歌的韻律感，易於記憶，英美學童皆能背誦。1882年朗費羅逝世，他的胸像安置在英國倫敦西敏寺的詩人角，是唯一獲此殊榮的美國詩人。

　　據錢鍾書考證，第一首譯成中文的英詩就是朗費羅的〈人生誦〉，由創造韋氏音標的韋妥瑪翻譯。

once （*adv.*）一回、一次
lifetime （*n.*）一生、終身

▲朗費羅

Youth would be an ideal state if it came a little later in life.

— *Herbert Asquith*（*1852-1928*）

青春若是能夠慢步姍姍走進我們的人生，那是再理想不過的了。

— 艾斯奎思，英國政治家

　　許多人到了三、四十歲，對自我和人生都有較多的領悟，常想在許多方面作努力時，卻驚覺自己在青春時期太過虛擲光陰了。

ideal （*adj.*） 理想的
state （*n.*） 情況、狀態

Youth is, after all, just a moment, but it is the moment, the spark that you always carry in your heart.

— *Raisa Gorbachev*（*1932-1999*）

青春時光，終究短暫；但就是在那短暫的時光所蓄積的熱情，一直點燃著我們的生命之火。

—蕾莎‧戈巴契夫，蘇聯第一夫人

蕾莎，前蘇聯領導人戈巴契夫的妻子，社會學博士、大學教授。1980年代，隨著戈巴契夫的掌權，蕾莎以自信、聰慧、時髦的形象引起世人矚目。她幫助丈夫，影響其改革的思維。法國最著名的時尚設計師皮爾‧卡登（Pierre Cardin）以「世上最優雅的女性之一」讚譽她。在冷戰結束、蘇聯解體之後，戈巴契夫不再受俄人的擁戴，但蕾莎的過世仍博得大眾的同情。

after all　終究、畢竟
spark（*n.*）火花

I ought to have guessed all the affection that lay behind her poor little stratagems. Flowers are so inconsistent! But I was too young to know how to love her.

— *Antoine de Saint-Exupéry*（*1900-1944*）

我早該猜出在她那些反覆無常背後的心思，
花兒們常是心口不一的，可是我太年輕，
不知道該如何愛她……

— 聖艾修伯里，法國作家及飛行員

　　《小王子》（*Little Prince*）一書中，小王子初識一朵玫瑰花，就被深深吸引，為她忙東弄西，可是卻始終猜不透女人心。初戀的少男少女，常有不必要的矜持，產生誤解，而少女有如驕傲的玫瑰花，寧可暗自哭泣，也不願直接把話說清楚。初解人事的少年，哪猜得透女人心呢？

affection （*n.*） 情愛、愛慕
stratagem （*n.*） 詭計、計謀
inconsistent （*adj.*） 不一致的

▲舊50法郎鈔票上印著聖艾修伯里肖像和他熱愛的飛機,以及小王子畫像。他在六十年前駕飛機時神祕失蹤,2004年終於尋獲飛機殘骸,證實墜機於馬賽附近的海中。。

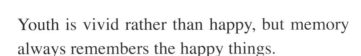

Youth is vivid rather than happy, but memory always remembers the happy things.

— *Bernard Lovell*（1913-）

青春是鮮活動人的，不必然快樂，但記憶總是選擇快樂的事記下。

— 羅維爾，英國天文物理學家

vivid（*adj.*） 鮮明的、鮮活的
memory（*n.*） 記憶
remember（*v.*） 記住、記得

Boys, be ambitious!

— William Smith Clark（1826-1886）

少年家，要有志氣喔！

— 威廉・史密斯・克拉克，美國教育家

　　1876年美國麻州農業大學校長克拉克應日本政府之邀，到北海道札幌農校任職，八個月後期滿，克拉克以 "Boys, be ambitious!" 做為結語，向學生告別。他鼓舞青年學生，不要以金錢或世俗名聲做未來打算，應該為知識、正義、國民素質的提升而努力。這群學生中，有許多人後來成為日本近代思想文化的先驅人物。其中以新渡戶稻造（Inazo Nitobe）最為知名，著有《武士道・日本之魂》（*Bushido: The Soul of Japan*），並曾在國際聯盟擔任要職，推動世界和平。"Boys, be ambitious!" 這句話成為影響日本好幾代學子的名言，而今銘刻在北海道大學（即原先之札幌農校）校園內的克拉克紀念雕像上。

ambitious （*adj.*）有抱負的、有志氣的、野心勃勃的

There is a fountain of youth: it is your mind, your talents, the creativity you bring to your life and the lives of the people you love. When you learn to tap this source, you will truly have defeated age.

— *Sophia Loren*（1934-）

有一種青春之泉，在你的心中，在你的才能中，
在你為自己和你所愛的人而發揮的創意中。
當你學習打開這青春的泉源，你就戰勝了年齡。

— 蘇菲亞‧羅蘭，義大利影星

▲《蘇菲亞風情》書影

六○、七○年代的性感象徵──蘇菲亞‧羅蘭，而今雖然青春不再，但她的智慧與風姿卻是現代少女難及的。

fountain（*n.*）泉源
talent（*n.*）天賦、才能
creativity（*n.*）創意、創造力
tap（*v.*）開孔導出
defeat（*v.*）打敗

信仰與愛
Religion and Love

CD＊3

Service is the rent we pay for the privilege of living
on this earth.

—*N. Eldon Tanner*（*1898-1982*）

為他人服務，是我們有幸活在世上所該付的「房租」。

—艾爾登・田納，美國傳教家

If you haven't got any charity in your heart, you have the worst kind of heart trouble.

— *Bob Hope*（*1903-2003*）

如果在你的心中，找不到慈悲，那你就患了最嚴重的心病。

— 鮑伯・霍伯，美國演員

鮑伯・霍伯擅演喜劇，銀幕下他也積極扮演歡樂大使的角色。他是著名的勞軍藝人，年年風塵僕僕到世界各地慰勞美國大兵，從第二次世界大戰到波灣戰爭，無役不與。

charity（*n.*）慈悲、慈善
kind（*n.*）種類

A wise person is able to let go.
To let go is actually to receive,
To receive boundless happiness.

— *Venerable Master Cheng Yen*（*1937-*）

有智慧的人能捨，
能捨就能得，
得到無限的幸福。

— 證嚴法師，創辦佛教慈濟功德會

let go　放手、放開
actually（*adv.*）實際上、事實上
receive（*v.*）接受、接收
boundless（*adj.*）無限的、無窮的
venerable（*adj.*）可敬的

This is my simple religion. There is no need for temples; no need for complicated philosophy. Our own brain, our own heart is our temple; the philosophy is kindness.

— *Dalai Lama* （*1935-* ）

這是我的單純宗教，不需要寺廟，用不著深奧的哲理。我們自己的頭腦，自己的心，就是我們的寺廟：慈悲即是教義。

— 達賴喇嘛，西藏宗教領袖

第十四世達賴喇嘛自1959年起流亡印度，在西方廣泛傳播密宗教義，於1988年獲諾貝爾和平獎。

religion （*n.*） 宗教
temple （*n.*） 寺廟
complicated （*adj.*） 複雜的
philosophy （*n.*） 哲學
brain （*n.*） 腦

▲ 達賴喇嘛

Love is a fruit in season at all times, and within reach of every hand.

— *Mother Teresa*（1910-1997）

愛是四季常有的果實，任何人唾手可得。

— 德蕾莎修女

　　德蕾莎修女榮獲1979年諾貝爾和平獎。她出生於馬其頓，十八歲到愛爾蘭進修女會，自願前往印度，長年在加爾各答從事教育、慈善工作，為那些棄兒、瀕死之人以及窮人中的最窮人服務，人稱「貧民窟中的聖徒」。死後，印度為她舉行國葬之禮。

season（*n.*）季節
in season　當季的、當令的
within reach of　在…搆得著的地方

▲1996年阿爾巴尼亞發行德蕾莎修女紀念郵票

Let us not be satisfied with just giving money. Money is not enough, money can be got, but they need your hearts to love them. So spread your love everywhere you go.

— *Mother Teresa*（*1910-1997*）

光捐錢是不夠的，錢容易取得，但他們需要的是您的愛心。請讓愛心隨您的腳步散布出去。

— 德蕾莎修女

be satisfied with　對…滿意的
spread（v.）散布

Some people give time, some money, some their skills and connections, some literally give their life's blood. But everyone has something to give.

— Barbara Bush（1925-）

有的人給時間，有的給錢，有的提供他們的技能和關係，有的真的捐出他們的生命之血。可以說，每個人都有東西可以布施出去。

— 芭芭拉‧布希，美國第一夫人

芭芭拉‧布希是美國第四十一任總統老布希之妻，第四十三任總統小布希之母。她是一位樸實無華的第一夫人，胖胖的身材、一頭白髮，慈祥的「老祖母」形象，深得民心。

skill（*n.*）技能
connection（*n.*）關係
literally（*adv.*）真正地、確實地

I was taught that you don't pray with a laundry list. So I ask for wisdom and guidance and strength of conviction.

— *Condoleezza Rice*（1954-）

有人告訴我，不應祈禱瑣碎的事物。
因此我祈求：智慧、指導、堅強的信念。

— 萊斯，美國國際政治專家

　　成大事者要秉持堅強信念，從大處著眼，不要費心思在瑣碎小事上。萊斯原是史丹佛大學教授，在老布希總統任內，任職五角大廈，擔任外交顧問工作。在小布希總統任內，成為黑人女性出任美國國家安全顧問的第一人。

laundry list　項目清單：這種清單通常很長，很瑣碎，意指一長串瑣碎不重要的事；laundry意為「洗衣」或「要洗的東西」
guidance（*n.*）指引
strength（*n.*）力量
conviction（*n.*）信念

　　萊斯從小受到很好的教育。父母教導她「要做得比白人孩子高出兩倍，黑人才能平等；高出三倍，才能超越對方。」她從三歲起就顯露鋼琴才華，2002年她與大提琴家馬友友一起在白宮登台演奏，驚豔全場。萊斯夢想成為職業鋼琴家，直到就讀丹佛大學音樂學院時，參加亞斯本音樂節，她的夢才破滅。一些很困難的曲子，她練了一年，可是那些才十一歲的孩子也彈得出來。她覺得既然沒辦法在這一行成為頂尖，不如趁早另尋他途。因此她轉唸國際關係學院。

　　萊斯在史丹佛大學教過書，常鼓勵學生也要像她那樣，大膽尋找自己的發展方向：「如果你們不知道自己想要什麼，那就去探索吧！」

▲《萊斯傳》書影

If I can stop one heart from breaking,
I shall not live in vain.
If I can ease one life the aching,
Or cool one pain,
Or help one fainting robin
Unto his nest again,
I shall not live in vain.

— Emily Dickinson（1830-1886）

如果我能使一顆心免於破碎，
我生即非虛度；
如果我能撫平任一生命的傷痛，
或助一隻昏迷的知更鳥回到巢中，
我這一生就算沒有白過。

— 艾蜜莉‧狄金蓀，美國女詩人

▲艾蜜莉‧狄金蓀

纖細敏感的狄金蓀，在世時長期隱居，從不見人，閉門寫下一千多首詩，生前卻僅少數發表。如今她的詩，卻是美國高中生必讀。

ease （*v.*） 減輕   robin （*n.*） 知更鳥
aching （*n.*） 劇痛   nest （*n.*） 巢
fainting （*adj.*） 昏迷的   in vain 徒然地

When one door of happiness closes, another opens; but often we look so long at the closed door that we do not see the one which has been opened for us.

— *Helen Keller*（*1880-1968*）

當一扇幸福之門關上時，另一扇必會為我們而開；然而我們太過專注於那扇關上的門，以至於忽略了另一扇敞開的門。

— 海倫‧凱勒，美國盲聾作家及教師

▲海倫‧凱勒

太過執著，坐困愁城，縱使有再多窗口，也看不到外面的美景。所以要把心門敞開，多看看其他可能的轉機。

海倫‧凱勒雖然看不見也聽不見，但經過教師指導，她可以說話，只是口音及聲調不同於常人。

教育學習
Education and Learning
CD＊4

Never let formal education get in the way of your learning.

　　　　　　　　　　　—*Mark Twain*（*1835-1910*）

別讓正式教育擋了你的學習。

　　　　　　　　　　　—馬克吐溫，美國作家

Thank goodness I was never sent to school; it would have rubbed off some of the originality.

— *Beatrix Potter*（*1866-1943*）

謝天謝地！我從未上過學，不然就會抹殺掉一些創意。

— 碧翠絲‧波特，英國童書作家

▲碧翠絲‧波特和她親手繪的彼得兔

教育一旦太制度化，有時也會有負面作用，學習也不僅限於在學校裡。碧翠絲‧波特是《彼得兔》系列童書的作者，她也自繪書中插圖。

thank goodness　感謝上帝
（此處 goodness 是 god 的代用語）
rub off　擦破、擦掉
originality （*n.*）原創性

Sport is a very important subject at school, that's why I gave Quidditch such an important place at Hogwarts. I was very bad in sports, so I gave Harry a talent I would really love to have. Who wouldn't want to fly?

— *J. K. Rowling*（1965- ）

運動是學校的一門重要科目，那就是為什麼我讓魁地奇在霍格華茲佔有一席之地。我不擅長運動，所以我讓哈利擁有我很想要的本事。誰不想飛呢？

— 羅琳，英國作家

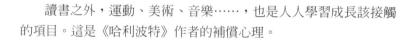

讀書之外，運動、美術、音樂……，也是人人學習成長該接觸的項目。這是《哈利波特》作者的補償心理。

subject（*n.*）科目
talent（*n.*）天賦、才能

Education is not the filling of a pail, but the lighting of a fire.

— *William Butler Yeats*（*1865-1939*）

教育不是填鴨性的餵食，而是點燃心中的智慧火種。

— 葉慈，愛爾蘭詩人

葉慈是1923年諾貝爾文學獎得主。這句話也有人譯作：「教育非爲注水盈桶，而是點火燃薪。」

pail（*n.*）桶
lighting（*n.*）點火

▲青年時期的葉慈

Education is the most powerful weapon which you can use to change the world.

— *Nelson Mandela*（1918- ）

教育是最強大的武器，足以改變世界。

— 曼德拉，南非總統

powerful （*adj.*） 強大的

weapon （*n.*） 武器

▲1995年加彭發行曼德拉紀念郵票

Nine tenths of education is encouragement.

— *Anatole France*（*1844-1924*）

教育的十分之九是鼓勵。

— 法郎士，法國作家

▲法郎士

法郎士是詩人、小說家、劇作家及文學批評家，1921年諾貝爾文學獎得主。

nine tenths　十分之九
encouragement　（*n.*）　鼓勵

Curiosity, like coffee, is an acquired need. Just a titillation at the beginning, it becomes with training a raging passion.

— *Nicholas S. Thompson*

好奇心，有如咖啡，是一種養成的需求。起初僅是一種刺激感，經過培養逐漸產生狂熱。

——尼可拉斯‧桑普森，美國心理學教授

教學要引導學生的好奇心，因為好奇心會上癮。一旦產生好奇，就會繼續探索下去。

curiosity （*n.*） 好奇心
acquired （*adj.*） 習得的、後天的
titillation （*n.*） 快感、刺激
at the beginning　起初
raging （*adj.*） 猛烈的、狂暴的
passion （*n.*） 熱情

Our greatest weakness lies in giving up. The most certain way to succeed is always to try just one more time.

— *Thomas Edison*（*1847-1931*）

人最大的弱點是輕言放棄，而邁向成功的最佳方法就是：再試一次。

— 愛迪生，美國發明家

▲青年時期的愛迪生

weakness （*n.*） 弱點
lie in　在於
give up　放棄
certain （*adj.*） 無疑的、確定的

Laziness may appear attractive but work gives satisfaction.

— *Anne Frank*（*1929-1945*）

懶散看來挺愜意，但工作才能給人滿足感。

— 安・法蘭克，德裔猶太女孩

為了躲避納粹的追捕，安和家人躲在荷蘭一座房子的閣樓裡，那段期間，她寫下《安妮的日記》（*Anne Frank: Diary*）。她後來死於集中營，享年未滿十六歲。

Anne 的正確發音其實是「安」，而非「安妮」。《安妮的日記》因已習慣成俗，仍維持原譯法。

laziness（*n.*）懶惰、怠惰
attractive（*adj.*）有魅力的、吸引人的
satisfaction（*n.*）滿足感

▲安・法蘭克

Great things are not done by impulse, but by a series of small things brought together.
— *Vincent Van Gogh*（*1853-1890*）

偉大的事業並非一蹴即成，而是由一連串的小事業累積起來。

— 梵谷，荷蘭畫家

impulse （*n.*） 衝動
a series of 一連串的
bring together 集合
（bring 的過去式及
過去分詞 brought）

▲梵谷自畫像

Education: a debt due from present to future generations.

— *George Peabody*（*1795-1869*）

教育是這一代該爲下一代付的帳。

——喬治‧皮巴迪，英國金融家及慈善家

　　喬治‧皮巴迪被視爲現代慈善事業之父。他從事國際投資致富後，積極投入慈善事業，尤其熱衷於教育普及化，他大筆捐錢，成立教育基金會，協助貧童就學。

debt （*n.*） 債務
due （*adj.*） 應付給的
generation （*n.*） 一代、世代

For a cultivated man to be ignorant of foreign languages is a great inconvenience.

— Anton Chekhov（*1860-1904*）

一個文明人，若不懂外國語文，將十分不便。

— 契訶夫，俄國小說家及劇作家

▲契訶夫畫像

cultivated （*adj.*） 文明的、有教養的
ignorant （*adj.*） 無知的
inconvenience （*n.*） 不方便

There are many little ways to enlarge your
child's world. Love of books is the best of all.
— *Jacqueline Kennedy*（*1929-1994*）

擴展兒童對世界的認知，有許多小小的方法，
悅讀是其中最佳者。

— 賈桂琳・甘迺迪，美國第一夫人

閱讀讓我們打開窗子，見到不一樣的世界。

遇刺身亡的約翰・甘迺迪總統遺孀賈桂琳是美國歷任第一夫人
中最有文化素養的一位。她在第二任丈
夫希臘船王歐納西斯（Aristotle Onassis）
於1975年逝世後，即搬回紐約，在著名
的 Doubleday 出版公司擔任特約編輯，
直至她去世為止。

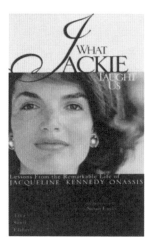

enlarge （*v.*） 放大

▲《*What Jackie Taught Us*》書影

家庭教養
Family and Parenthood
CD＊5

All I am, or can be, I owe to my angel mother.
                   —Abraham Lincoln（1809-1865）

今天我的成就，以及將來可能的成就，都要歸功於我
的天使媽媽。

                      —林肯，美國第十六任總統

The most important thing a father can do for
his children is to love their mother.

— *Theodore Hesburgh*（*1917-*）

身為父親所能為子女做的，
最重要的就是愛他們的母親。

— 海斯堡，美國教育家

海斯堡是天主教教士，是位神父，當過名校聖母大學
（University of Notre Dame）校長長達三十五年，在教育界地位崇
隆，他也積極投入人道關懷、救援活動。

I learned the way a monkey learns—by
watching its parents.

— Prince Charles（*1948-*）

我學習的方法像猴子一樣——觀察自己的
父母。

— 查爾斯王子，英國王儲

雖然貴爲王子，仍然是受父母的影響最大。

Before you judge me,
Try hard to love me, look within your heart
Then ask, have you seen my childhood?

— Michael Jackson（1958- ）

在你們評斷我之前，
請先用你的心，好好愛我，
然後再問：你們有沒有看到我的童年？

— 麥可‧傑克森，美國歌手

▲《麥可‧傑克森傳奇之旅》書影

這段詞句出自1995年麥可‧傑克森的一首歌〈童年〉（*Childhood*）。一個人早熟，太早脫離童年，是人生的一大遺憾。麥可‧傑克森從小就生活在鎂光燈下，失去一個正常孩子該有的童年生活，這首歌正是他的個人寫照。

judge （*v.*）評斷
childhood （*n.*）童年

All happy families resemble one another,
each unhappy family is unhappy in its
own way.

— *Leo Tolstoy*（*1828-1910*）

幸福的家庭都很相像，
不幸福的家庭各有各的不幸。

—托爾斯泰，俄國作家

▲托爾斯泰

這句話出自托爾斯泰名作《安娜‧卡列妮娜》的開場白，書中女主角放棄丈夫和孩子，情奔男子，後因感情不順加上思念孩子，竟以自殺的悲劇收場。

resemble （*v.*）相似、類似

Children have never been very good at listening to their elders, but they have never failed to imitate them.

— *James Baldwin*（*1924-1987*）

孩子從來不會好好的聽大人的話，
但他們會模仿。

— 鮑德溫，美國作家

鮑德溫是出生於紐約哈林區的黑人作家，他是個私生子，生父不詳。雖然出身貧困、只唸到高中畢業，但他自小喜愛閱讀及寫作，靠著自我鍛鍊，十九歲時便成為一位專業作家。

▲鮑德溫

good at　擅長、善於⋯
elder（*n.*）長輩
imitate（*v.*）模仿

A woman's real happiness and real fulfillment come from within the home with her husband and children.

— Nancy Reagan（1921- ）

一個女人的真正幸福和真正實現來自家庭，來自她和丈夫及兒女組成的家。

——南西‧雷根，美國第一夫人

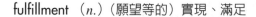

fulfillment （*n.*）（願望等的）實現、滿足

朋友之道
Friendship
CD＊6

My best friend is the one who brings out the best
in me.

—Henry Ford（*1867-1947*）

我最好的朋友，能令我顯現最好的一面。

—亨利・福特，美國汽車業大亨

Good fences make good neighbors.

— Robert Frost（1875-1963）

好籬笆維持好鄰居。

— 佛洛斯特，美國詩人

　　君子之交淡如水，人與人之間，多少要有點距離，猶如築一道籬笆牆，免得過度親密易生侮慢之心。這句詩出自佛洛斯特的〈補牆〉（*Mending Wall*）。

fence （*n.*） 圍牆、籬笆
neighbor （*n.*） 鄰居

▲年輕時的佛洛斯特

Friendship is a plant of slow growth and must undergo and withstand the shocks of adversity before it is entitled to the appellation.

— *George Washington*（*1732-1799*）

友誼是一棵成長緩慢的植物，必須經歷及承受逆境衝擊，才稱得上朋友。

— 喬治·華盛頓，美國國父

growth（*n.*）成長、生長

undergo（*v.*）經歷

withstand（*v.*）經得起、耐得住

shock（*n.*）衝擊、打擊

adversity（*n.*）逆境、厄運

entitle（*v.*）給予資格、給予權利

appellation（*n.*）名稱、稱呼

A man's friendships are one of the best measures
of his worth.

— Charles Darwin（*1809-1882*）

一個人所擁有的友誼，是衡量他的價值的最佳
標準。

— 達爾文，英國自然學家

friendship （*n.*） 友誼
measure （*n.*） 衡量、評量標準
worth （*n.*） 價值

You find out who your real friends are when you're involved in a scandal.

— Elizabeth Taylor（1932-）

當你被捲入醜聞時，你才會看出誰是真正的朋友。

——伊莉莎白・泰勒，美國影星

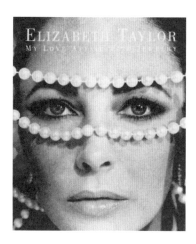

▲伊莉莎白・泰勒所著《珠寶之戀》書影

伊莉莎白・泰勒一生也曾捲入不少「醜聞」，這是她的經驗之談。

involve（*v.*）捲入、牽涉
scandal（*n.*）醜聞

A friend is a person with whom I may
be sincere. Before him I may think aloud.

— *Ralph Waldo Emerson*（*1803-1882*）

在他面前，我能誠摯以對、肆無忌憚思想的，
即所謂的朋友。

— 愛默森，美國作家及哲學家

sincere（*adj.*）真誠的
aloud（*adv.*）大聲地、高聲地

▲愛默森

I always felt that the great high privilege, relief and comfort of friendship was that one had to explain nothing.

— *Katherine Mansfield*（*1888-1923*）

我覺得友誼給你的最大特權、舒緩、慰藉的地方在於彼此毋須多言。

— 曼殊斐兒，英國作家

privilege （*n.*） 特權、特殊恩惠
relief （*n.*） 舒緩、解脫
comfort （*n.*） 慰藉
explain （*v.*） 解釋

We are all travelers in the wilderness of this world, and the best we can find in our travels is an honest friend.

— *Robert Louis Stevenson*（*1850-1894*）

我們都是荒野世界中的過客，若能在旅途中發現一位真誠的朋友，萬幸。

—史蒂文生，英國作家

▲史蒂文生

traveler （*n.*） 旅行者、旅客
wilderness （*n.*） 荒野
honest （*adj.*） 真誠的

All the splendor in the world is not worth a good friend.

— *Voltaire* （*1694-1778*）

一個好朋友，勝過人世間所有的榮華富貴。

—伏爾泰，法國哲學家及作家

Voltaire 是 François Marie Arouet 的筆名，他是十八世紀法國著名的作家、哲學家，因抨擊專制而得罪貴族，兩度被關進巴士底監獄，也曾流亡國外。他仰慕中國文化，曾根據元代雜劇《趙氏孤兒》改編一齣《中國孤兒》劇本。

▲伏爾泰

splendor （*n.*）
華麗、燦爛、光彩
worth （*adj.*）
值得的、有…價值的

　　伏爾泰三十九歲時出獄，遇上二十七歲的夏德萊侯爵夫人（Marquise du Chatelet），她愛才收留了他，在法國、瑞士邊境長居十四年。1778年，八十三歲高齡的伏爾泰以英雄之姿返回巴黎，他的新劇《和平女神》熱烈公演，旋即過世。

　　伏爾泰與另一啓蒙思想家盧梭觀點不合，他曾批評盧梭的學說，但當局要查禁盧梭的著作時，據說他挺身而出，說：

I disapprove of what you say, but I will defend to the death your right to say it.

— Voltaire

　　我堅決反對你的說法，但我誓死捍衛你說這些話的權利！

disapprove of　不贊成
defend　（*v.*）保衛、防護
to the death　誓死、至死方休
right　（*n.*）權利、權益

Fish and visitors stink in three days.

— *Benjamin Franklin*（*1805-1873*）

賴著不走的訪客，和魚一樣，只要擺上三天
都會發臭。

— 富蘭克林，美國政治家及發明家

visitor （*n.*） 訪客
stink （*v.*） 發出難聞的異味

男女情愛
Love and Relationships
CD ＊ 7

KING: What, Professor, puzzles you the most?
　　　What do you think about the most?
HAWKING: Women.

「請問教授，什麼是最令你困惑、朝思暮想的東西？」
「女人。」

這段訪談出現在CNN脫口秀節目，主持人賴瑞・金
（Larry King）訪問英國物理學家霍金。

I love you not only for what you are,
but for what I am when I am with you.

— *Elizabeth Barrett Browning*（*1806-1861*）

我愛你，不只是因為你是什麼樣的人，
而是喜歡和你在一起的那個我。

—— 白朗寧夫人，英國詩人

▲白朗寧夫人

每個人都有不同的姿態，在不同的人面前。而愛人，是那個令你歡喜自在的人。一切，都是因為愛。

Yes, she's wonderful. Cosmological. I wanted to put a picture of her in my latest book, as a celestial object.

— *Stephen Hawking*（*1942-*）

是的，她太美妙了，真是造物主的傑作。我本來要將她的照片擺在新近出版的一部著作中，如同將一座星球安置在太空中。

— 霍金，英國物理學家

霍金是當代研究宇宙論和黑洞的權威，因《時間簡史》一書在全球暢銷數千萬冊而廣為人知，雖然十位讀者中可能有九位無法讀完全書。

霍金在劍橋大學的辦公室裡掛了幾張美女的海報，全是已故女星瑪麗蓮・夢露。在一次受訪中，採訪者表示不能理解，全身癱瘓的霍金為什麼還對夢露如此著迷？只見霍金用全身唯一還能動的兩根指頭敲按鍵盤，由電腦合成語音說出上面這段話。

▲霍金《時間簡史》書影

cosmological （*adj.*） 宇宙論的
latest （*adj.*） 最新的
celestial （*adj.*） 天體的、天空的

Do you love me because I'm beautiful,
or am I beautiful because you love me?

　　　　　　— *Oscar Hammerstein II*（*1895-1960*）

究竟，你是因我美麗而愛我？
或者，我因你愛我而美麗？

　　　　　　　　— 奧斯卡‧漢默斯坦，美國作詞家

　　爲許多部歌舞片如《眞善美》、《南太平洋》、《國王與我》撰寫優美歌詞的漢默斯坦，他認爲心中有愛的人，自有迷人的風采。尤其是女人，因爲有愛而美麗。

The supreme happiness in life is
the conviction that we are loved.

— *Victor Hugo*（*1802-1885*）

人世間最大的幸福，就是心中深信為人所愛。

— 雨果，法國作家

　　法國大文豪雨果的作品充滿人道關懷，他深知無論渺小或偉大，如《孤星淚》裡偷麵包被判十九年的小偷，或《鐘樓怪人》裡巴黎聖母院的駝子，每個人都渴望有被需要、被愛的感覺。

supreme（*adj.*）最重要的、最高等級的、至高無上的
happiness（*n.*）幸福
conviction（*n.*）信念、深信

▲雨果

If only one could tell true love from false love as one can tell mushrooms from toadstools.

— *Katherine Mansfield*（*1888-1923*）

假使真愛和假愛能夠像分辨蘑菇和毒蕈那樣容易就好了。

— 曼殊斐兒，英國小說家

三十九歲早逝的短篇小說家曼殊斐兒出生於紐西蘭，落籍英國，容貌秀美。有一次，徐志摩有機會與曼殊斐兒見面談了二十分鐘，徐志摩稱那是「不朽的二十分鐘」。曼殊斐兒死後，徐志摩寫了一首詩〈哀曼殊斐兒〉紀念她。

蘑菇和毒蕈雖外形相似，但只要嚐一口，即可分辨。而人在情海波瀾中歷盡翻滾，卻仍分不清真愛或錯愛。

tell...from　分辨、區別
false（*adj.*）假的
mushroom（*n.*）蘑菇
toadstool（*n.*）毒蕈

▲《曼殊斐兒：陰暗面》書影

In her first passion woman loves her lover,
in all the others all she loves is love.

— Lord Byron（*1788-1824*）

初戀時，女人是真愛著她的情人。之後再來的
戀情，她只是在追求一種愛的感覺。

—— 拜倫，英國詩人

天下的癡情女子同意這種說法嗎？

passion（*n.*）激情、愛情
the others　其餘的

▲拜倫

A pity beyond all telling is hid in the heart of love.

— *William Butler Yeats*（*1865-1918*）

一片難以言喻的憐憫，只能藏在愛的心中。

——葉慈，愛爾蘭詩人

古今癡情男女留下了許多難以言說的戀曲。滄海月明珠有淚，自是尋春去較遲……都是這一類。

pity（*n.*）憐憫
beyond all telling 超過所有言語所能形容
hide（*v.*）隱藏（過去式及過去分詞 hid, hidden）

Men always want to be a woman's first love—
women like to be a man's last romance.

—Oscar Wilde（1854-1900）

男人總是希望自己是女人的初戀；
女人則深盼自己是男人最後的羅曼史。

── 王爾德，愛爾蘭劇作家

　　譏鋒處處，妙筆生輝的王爾德，總是語不驚人死不休，對男女情愛的見解更是一針見血。

first love　　初戀
romance　（*n.*）　羅曼史、戀情

Immature love says:
"I love you because I need you."
Mature love says:
"I need you because I love you."

— *Erich Fromm*（*1900-1980*）

不成熟的愛是：「我愛你，因為我需要你。」
成熟的愛則是：「我需要你，因為我愛你。」

— 弗洛姆，美國心理學家

　　沒錯，愛是想擁有對方。然而，出於愛的需要是成熟的愛；而因為需要對方才產生愛，則是不成熟的愛。

immature （*adj.*） 不成熟的
mature （*adj.*） 成熟的

▲弗洛姆漫畫像

If I am pressed to say why I loved him,
I feel it can only be explained by replying,
"Because it was he; because it was me"
— *Michel Eyquem de Montaigne*（*1533-1592*）

如果有人硬逼我説出爲什麼會愛他，我想
只能如此回應：「因爲是他；因爲是我。」
　　　　　　　　　　　　　— 蒙田，法國散文家

▲蒙田漫畫像

許多愛情故事，是無法用什
麼理由交待的。

press （*v.*） 逼迫
reply （*v.*） 回應

Keep your eyes wide open before marriage, and half shut afterwards.

— *Benjamin Franklin*（*1706-1790*）

婚前要睜大眼睛，
婚後只能睜一隻眼，閉一隻眼。

— 富蘭克林，美國發明家及政治家

marriage （*n.*） 婚姻、結婚
afterwards （*adv.*） 後來、以後

Him that I love, I wish to be free —
even from me.
　　　— *Anne Morrow Lindbergh*（1906-2001）

即使是我所愛的人，我希望他自由——
甚至不爲我所牽絆。
　　　——林白夫人，美國作家、女性飛行家先驅

　　愛一個人，就要給他自由，而不是以愛的名義，拉住他、絆住他，讓他無處可去。

　　安妮・摩洛嫁給查爾斯・林白時才23歲，當時他已是世界知名的飛行家，創下第一位單機飛越大西洋的記錄。林白教她駕駛飛機，兩人常比肩遨翔空中，爾後她自己也成了傑出的飛行員。同時她還是位優秀的作家，出版過飛行記、小說、散文、詩集。

女人有話
Words from Women
CD＊8

紀伯侖説過，生命中所認識的女人打開了他的眼界和心靈之門。男人要真正認識世界，一定要聽懂女人的話。一些傑出女性的話，值得普天下男女一讀：

There is no time for cut-and-dried monotony.
There is time for work. And time for love.
That leaves no other time!

—Coco Chanel （1883-1971）

沒有時間做乏味的事。只有時間工作，和戀愛。
其他的，就沒空了。

—香奈兒，法國時尚設計師

Darling, the legs aren't so beautiful, I just know what to do with them.

— *Marlene Dietrich*（*1901-1992*）

親愛的，我的腿並不是多漂亮，我只是知道如何表現它。

— 瑪琳・黛德麗，德國影星

　　出生於柏林，以《上海快車》、《摩洛哥》、《藍天使》而知名的瑪琳・黛德麗，後因納粹興起轉到美國好萊塢發展，演出《紐倫堡大審》等片。

▲瑪琳・黛德麗的美腿

Taking joy in living is a woman's best cosmetic.

— *Rosalind Russell*（*1907-1976*）

喜悅過生活，是女人最好的化妝品。

— 蘿莎琳‧羅素，美國影星

對自己有信心，對生活有用心，女人自然容光煥發。

joy（*n.*）喜悅

cosmetic（*n.*）化妝品

If you obey all the rules, you miss all the fun.
— *Katharine Hepburn*（*1907-2003*）

如果在生活中遵守所有的規則，
那你會錯失許多樂趣。
— 凱薩琳・赫本，美國影星

有時候，放任一下，high 一下，wow！

obey（*v.*）遵守、服從
rule（*n.*）規則
miss（*v.*）錯過、失掉

The press is ferocious. It forgives nothing.
It only hunts for mistakes... In my position
anyone sane would have left a long time ago.

— Princess Diana（1961-1997）

新聞媒體是殘酷無情的，他們毫不寬待，只是
一再找碴……任何正常人若置身於我的處境，
早就選擇離開（這個世界）了。

— 戴安娜王妃

黛安娜曾是媒體寵兒，鎂光燈下的焦點，以及世人心目中的皇室貴妃偶像。隨著夫妻失和、婚外情的曝光，和新聞媒體互動的關係日漸惡化……這是她在1997年對媒體的答問。

press（*n.*）新聞界
ferocious（*adj.*）凶猛的、野蠻的
forgive（*v.*）寬恕
hunt for 獵捕、搜尋
position（*n.*）位置、地位、處境
sane（*adj.*）神智正常的

I don't want expensive gifts; I don't want to be bought. I have everything I want. I just want someone to be there for me, to make me feel safe and secure.

— *Princess Diana*（*1961-1997*）

我不想要貴重的禮物，我不想要待價而沽。我已經擁有想要的一切。我只要有人守著我，給我安全感。

— 戴安娜王妃

expensive （*adj.*） 昂貴的
secure （*adj.*） 無憂的、安心的

▲《追憶戴安娜海外行蹤》書影

You don't have to be married to have a good friend as your partner for life.

— *Greta Garbo*（*1905-1990*）

一生中，想要有好朋友作為夥伴，
不一定非結婚不可。

— 葛麗泰‧嘉寶，瑞典影星

這位美麗的女星堅持不婚的理由，大概就是如此。

partner （*n.*） 夥伴
for life 終生、一輩子

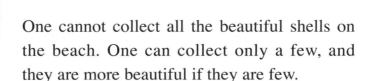

One cannot collect all the beautiful shells on the beach. One can collect only a few, and they are more beautiful if they are few.

— *Anne Morrow Lindbergh*（1906-2001）

人不可能收集海灘上所有美麗的貝殼。
人只能收集少許，而擁有少許，更顯得美麗。

——林白夫人，美國作家、女性飛行家先驅

　　物以稀為美，美好的東西，不必擁有太多。每到秋天，楓葉一夜之間萬山紅遍、層林盡染，是否美得迷人？可是若楓樹從年初到年尾都是透紅的，遊山賞楓的人們仍會稀罕此番美景嗎？

collect （*v.*）收集
shell （*n.*）貝殼
beach （*n.*）海灘、海邊

The least I can do is speak out for those who cannot speak for themselves.

— *Jane Goodall*（*1934-*）

起碼我能做的，是爲那些沒辦法爲自己申訴者大聲說話。

——珍‧古德，美國動物學家、黑猩猩保護者

1957年，珍‧古德二十三歲，前往非洲當著名人類學家李奇（Louis Leakey）的助手，開始研究黑猩猩。他們相信研究黑猩猩可以讓我們回窺人類的進化過程，以研究證明，黑猩猩和人類的基因有98%相同。

珍‧古德揭示了黑猩猩的生命之謎，其中一項重大發現：不是只有人類才會製造和使用工具，黑猩猩也會——牠們會很小心地選擇草幹，用來「捉」昆蟲。

從研究黑猩猩開始，珍古德更致力於各種野生動植物的研究、保育工作，多年來她奔走世界各國，積極鼓吹生態保育觀念。

least（*n.*）最小、最少

speak out 大聲說出

If you really want to do something, and really work hard, and take advantage of opportunities, and never give up, you will find a way.

— *Jane Goodall*（*1934-*）

假如你真想達到某種成就，確實去努力，懂得抓住機會，而且永遠不放棄，你總會有所成就的。

— 珍‧古德，美國動物學家

advantage（*n.*）便利、利益
take advantage of　利用
opportunity（*n.*）機會
give up　放棄
find a way　找出辦法來

▲《自然學家珍古德》書影

Love yourself first and everything else falls into line. You really have to love yourself to get anything done in this world.

— *Lucille Ball*（*1911-1989*）

先要愛你自己，其他事就會隨之而來。
在這世上，你真的要好好愛自己，
其他事才會做得好。

— 露西・鮑兒，美國喜劇演員

露西・鮑兒是一九五〇至七〇年代的美國電視紅星，她主演的《我愛露西》（*I Love Lucy*）影集風靡一時。

fall into line　列隊、與…步調一致

I wouldn't do nudity in films. For me,
personally—to act with my clothes on is
a performance; to act with my clothes off
is a documentary.

—*Julia Roberts*（1967-）

我不演脫戲。對我個人而言，穿衣服演戲
是表演，不穿衣服演戲則是紀錄片。

—茉莉亞‧羅勃茲，美國影星

nudity（*n.*）裸露
personally（*adv.*）就個人而言
performance（*n.*）表演
documentary（*n.*）紀錄片

It is a dangerous thing to ask why someone else has been given more. It is humbling—and indeed healthy—to ask why you have been given so much.

— *Condoleezza Rice*（*1954-*）

問爲何別人擁有許多，這是不太好的。人應該謙卑——這也是較健全的態度——那就是問：自己怎麼會擁有這麼多。

— 萊斯，美國國家安全顧問

dangerous （*adj.*） 危險的
humbling （*adj.*） 令人自覺卑微的

Hollywood is a place where they'll pay you a thousand dollars for a kiss and fifty cents for your soul.

— *Marilyn Monroe*（*1926-1962*）

在好萊塢這地方，一個吻值一千美元，
你的靈魂卻只值半塊錢。

— 瑪麗蓮・夢露，美國影星

夢露這位一代巨星，在好萊塢憑著嬌媚性感的姿容闖天下。這句話道盡了所謂「艷星」的心酸。

▲美國發行的瑪麗蓮・夢露紀念郵票

Nature gives you the face you have at twenty; it is up to you to merit the face you have at fifty.

— Coco Chanel（1883-1971）

上天給你二十歲時的臉蛋；至於你五十歲時的模樣，就要靠自己努力了。

— 香奈兒，法國時尚設計師

▲《香奈兒傳》書影

up to you　由你決定、看你的了
merit（v.）應得

I don't mind making jokes, but I don't want to
look like one.

— Marilyn Monroe（1926-1962）

我不介意說笑話，但我不想讓人看笑話。

— 瑪麗蓮・夢露，美國影星

夢露和麗泰・海華絲都以美艷性感著稱，但兩人也都情路坎坷。麗泰・海華絲號稱「愛神」（the Love Goddess），婚姻卻波折不斷——她一生結了五次婚，其中一次嫁給奧森・威爾斯。

All I wanted was just what everybody else
wants, you know, to be loved.

— Rita Hayworth（1918-1987）

我想要的和其他人沒有兩樣，那就是被愛。

— 麗泰・海華絲，美國影星

處世經驗
Life Experiences
CD＊9

Just play. Have fun. Enjoy the game.

—Michael Jordan（*1963-*）

To understand that the sky is everywhere blue, it is not necessary to have traveled all around the world.

— *Johann Wolfgang von Goethe*（*1749-1832*）

一個人不用走遍世界，才知道天空到處都是藍色的。

——歌德，德國詩人及劇作家

　　世間許多事物，其道理是相通的，放諸四海皆成立。《老子》也說：「不出戶，知天下；不窺牖，見天道。」有許多世道天理，是不用出門追求，就能明白的。

歌德以《少年維特的煩惱》成名，另一著作《浮士德》被公認是德意志文學最偉大的作品。

▲歌德畫像

> If you don't know what your passion is,
> realize that one reason for your existence
> on earth is to find it.
>
> — *Oprah Winfrey*（1954-）

缺乏熱情嗎？我們應該認知，人活在世上
的目的之一，就是要找尋能引發我們熱情
的事物。

　　　— 歐普拉‧溫弗雷，美國電視節目主持人

每個人都該有能對其付出熱情的東西。

　　你知道歐普拉的媒體價值嗎？當年她要開讀書節目，人們先是
反應冷淡，沒想到開播後竟引起熱烈的迴響。「歐普拉讀書俱樂部」
曾經停播一陣子，2003年下半年重新開播。1962年諾貝爾文學獎得
主史坦貝克的小說《伊甸園東》，受到歐普拉的青睞，在節目中選
爲首部推薦作品。節目播出後，這本書短短兩周內就售出七十五萬
冊。

passion（*n.*）　熱情、熱愛的事物
realize（*v.*）　體認、了解
existence（*n.*）　存在

What's the use of worrying,
It never was worthwhile, so
Pack up your troubles in your old kit bag
And smile, smile, smile.

— George Asaf（1880-1951）

煩惱有何用？
從來不值得。
收起煩惱，放入行囊，
笑，微笑，開心笑。

— 喬治・阿薩夫，英國作曲家

　　1915年英國作曲家阿薩夫發表這首歌，歌名就叫作〈收起煩惱〉
（*Pack Up Your Troubles*），這是其中的四句。

worry（*v.*）　煩惱
worthwhile（*adj.*）　值得做的
pack up　收拾、打包
kit（*n.*）　行囊

In my humble opinion, non-cooperation with evil is as much a duty as is cooperation with good.

— *"Mahatma" Gandhi*（*1869-1948*）

鄙見以為，不與惡人合作就如同與好人合作一樣重要。

— 甘地，印度聖雄

humble （*adj.*） 謙卑的、卑微的
non-cooperation （*n.*）不合作
evil （*n.*）邪惡
duty （*n.*）責任
as much... as 和…一樣
cooperation （*n.*）合作

▲甘地素描像

I took the road less traveled by,
And that has made all the difference.

— *Robert Frost*（*1874-1963*）

我選擇較少人走的路，
這就造成一切的差異。

— 佛洛斯特，美國詩人

　　如果給你一個機會重新選擇，你會選擇哪一條路？你要唸電機系或英文系？你會追求絢爛還是歸於平淡？這句話引自四度普利茲獎得主佛洛斯特的詩〈未竟之路〉（*The Road Not Taken*），曾獲選為2000年全美最受歡迎的一首詩，美國高中生必讀。

Adversity is the first path to truth.
— *Lord Byron*（*1788-1824*）

逆境是通向真理的第一條路。

— 拜倫，英國詩人

　　逆境、災難、窮困，皆非人之所願。但唯有經歷各種人生坎坷，才會有真正的領悟。

　　拜倫是十九世紀浪漫派詩人的代表人物。他出生於英國一個家道中落的貴族家庭，成年後，適逢歐洲各國民主革命興起的時代，他出國遊歷，在旅途中寫下長詩《哈羅爾德遊記》，震驚歐洲詩壇。他又前往希臘參加當地的民族解放鬥爭，不幸在當地病逝。他未完成的詩作《唐璜》是一部氣勢宏偉，意境開闊，見解高超，藝術卓越的敘事長詩。

　　蘇曼殊有詩：「秋風海上已黃昏，獨向遺編弔拜倫，詞客飄蓬君與我，可能異域為招魂。」使拜倫之名，在中國廣為人知。

adversity （*n.*） 逆境、困苦
path （*n.*） 道路、路徑
truth （*n.*） 真理

I leave when the pub closes.

— *Winston Churchill*（*1874-1965*）

酒店打烊，我就走。

—邱吉爾，英國首相

　　二次大戰後期，在邱吉爾輸掉1945年的大選之前，《倫敦時報》打算寫一篇社論，建議他以一無黨派的世界領導人身份參選，而後優雅地退休。編輯就這兩點與邱吉爾溝通，邱吉爾回答：其一，他仍將奮戰；其二，「編輯先生，只要酒店打烊，我自然就會離開。」意謂人生的過程，盡力參與就好，有時不必太強求。

pub （*n.*）酒店（public house 的簡稱）

The most valuable things in life are not measured in monetary terms. The really important things are not houses and lands, stocks and bonds, automobiles and real estate, but friendships, trust, confidence, empathy, mercy, love and faith.

— *Bertrand Russell（1872-1970）*

人生最有價值的東西不能以金錢衡量。最重要的不在於房子和土地，股票和債券，汽車和不動產，而是友誼、信任、信心、同情、憐憫、愛和信仰。

— 羅素，英國哲學家、數學家及散文家

▲羅素素描像

valuable （*adj.*） 有價值的
measure （*v.*） 衡量、測量
monetary （*adj.*） 金錢的、貨幣的
stock （*n.*） 股票
bond （*n.*） 債券
real estate 不動產
empathy （*n.*） 同情、同理心
mercy （*n.*） 憐憫
faith （*n.*） 信仰

Enough of talking — it is time now to do.

— *Tony Blair*（*1953-*）

已說得太多了，該是行動的時候。

— 布萊爾，英國首相

＊這是布萊爾1997年就任英國首相時所言。

The dictionary is the only place where success comes before work.

— *Vince Lombardi*（*1913-*）

「成功」（success）在先，「工作」（work）在後，這種事只會發生在字典裡。

— 藍巴迪，美式足球教練

＊字典按字母順序排列，S自然排在W之前。

A doctor can bury his mistakes, but an architect can only advise his clients to plant vines.

— *Frank Lloyd Wright*（*1867-1959*）

醫生出了差錯，可以埋藏他的錯誤；但建築師若出了錯，只能勸他的業主在牆外種藤蔓遮醜。

— 萊特，美國建築家

　　醫生醫死人，可以推說病人病重不治，然後埋葬死者，一了百了。建築師卻不能拆毀整棟房子來埋藏他的錯誤。

　　萊特是二十世紀建築四大師之一，在長達七十年建築生涯中，他不僅是一位設計家，也是改革家、理論家和教育家。他為二十世紀留下的影響力，是同時代的建築師無可比擬的。從未受過正式學院訓練的萊特，他所提出的「草原式風格」及「有機建築」理論，創意獨具。其才華不僅表現在建築外觀上，連室內設計、家具、擺設，甚至女主人的衣飾（馬汀之家），都出自於他的巧思。

　　萊特認為，一個建築師對他的房子有責任，而且房子設計有問題，大家都看得見，根本無從推諉責任。請參閱時報出版《瀑布上的房子——追尋建築大師萊特的腳印》。

bury（*v.*）埋葬、掩埋、隱匿　　client（*n.*）客戶、業主
architect（*n.*）建築師　　plant（*v.*）種植
advise（*v.*）勸告、建議　　vine（*n.*）藤蔓

Many receive advice, only the wise profit from it.

—*Publilius Syrus（c. 1st century BC）*

人人都收到忠告，唯有智者接受且受益。

—西魯士，古羅馬笑劇作家

許多好言好語，人們都當成耳邊風，沒有認眞思考與重視它。

advice（*n.*）忠告
the wise（*n.*）智者
profit（*v.*）獲利

智者箴言
Wisdom and Sense
CD * 10

英國哲學家羅素在獲諾貝爾文學獎致詞時説：

Three passions have governed my life:
The longing for love, the search for knowledge,
And unbearable pity for the suffering of humankind.
　　　　　—*Bertrand Russell*（*1872-1970*）

三種熱情支配著我的人生：
對愛的渴望，對知識的探索，
對人類苦痛的不忍之心……

其他的智者，又怎麼説呢？

The opposite of love is not hate, it's indifference.
— *Elie Wiesel*（*1928-*）

愛的反面不是恨，而是冷漠。
—埃利‧威塞爾，美籍猶太裔作家

威塞爾出生於羅馬尼亞，大戰時曾被關進納粹集中營。由於他促使世人重視猶太人和其他受壓迫人民的苦難，1968年獲頒諾貝爾和平獎。他的作品，不但見證了猶太民族血淚斑斑、流離失所的歷史，更可貴的是，在承擔苦難與痛楚同時，仍呈現出對生命的期待與讚頌：「即使在流亡中，一切生物都各得其所，每一次遭遇都洋溢著承諾。」他也曾說過：「生命的反面不是死亡，而是冷漠。」

opposite（*n.*） 反面
hate （*n.*） 恨
indifference （*n.*）
漠不關心、冷漠

▲1995年安提瓜和巴布達發行威塞爾紀念郵票

One ought, every day at least, to hear a little song, read a good poem, see a fine picture, and, if possible, speak a few reasonable words.

— *Johann Wolfgang von Goethe*（*1749-1832*）

每個人，每天，至少要聽一短歌，讀一好詩，看一好畫。如果可能的話，再多講幾句有意思的話。

—歌德，德國詩人及劇作家

齊白石也說：「不叫一日閒過。」每天設法做些適意的事，不要虛度時光。

ought（*aux.*）應該

at least 至少

possible（*adj.*）有可能的

reasonable（*adj.*）合理的

The lights of stars that were extinguished ages ago still reach us. So it is with great men who died centuries ago, but still reach us with the radiations of their personalities.

— *Kahlil Gibran*（*1883-1931*）

許多偉人雖已逝去千百年，但我們仍能接受到其人格思想的輻射；就像遙遠的星球已在太空中消失，但其放出的光芒仍照射人間。

— 紀伯侖，黎巴嫩詩人及小說家

extinguish （*v.*） 熄滅

ages ago　很久以前

radiation （*n.*）（光、熱、能量的）輻射、放射

personality （*n.*） 人格

Experience is the name everyone gives to their mistakes.

— *Oscar Wilde（1854-1900）*

「錯誤」的名字就叫作「經驗」。

— 王爾德，愛爾蘭作家

　　犯錯的人常自我解嘲說，這是學到一個「經驗」、一個「教訓」。王爾德此言自然有嘲諷之意。不過，從正面看，犯錯雖然有所遺憾，但寧願把它當成寶貴的經驗，下次犯錯的可能性就越來越低，起碼不再犯同樣的錯誤。

　　這句話出自小說《格雷的畫像》。

experience （*n.*） 經驗
mistake （*n.*） 錯誤

▲王爾德畫像

If you tell the truth, you don't have to remember anything.

— Mark Twain（1835-1910）

只要你說的是真話，就不用去擔心記憶。

— 馬克吐溫，美國作家

真話無負擔，編謊話的人，要小心連自己都記不住。

truth （*n.*） 實話
remember （*v.*） 記得

▲馬克吐溫

An optimist sees the rose; a pessimist the thorn.

— *Anonymous*

樂觀的人看到玫瑰；悲觀的人只看到它的刺。

— 佚名

　　英國首相邱吉爾也說過類似的話：「悲觀的人在每個機會裡看到難題；樂觀的人則在每個難題裡看到機會。」（A pessimist sees the difficulty in every opportunity; an optimist sees the opportunity in every difficulty.）

　　另有人說：「悲觀的人看到杯子裡有一半是空的；樂觀的人則看到杯子裡有一半是滿的。」（A pessimist sees a glass that's half empty; an optimist sees a glass half full.）

optimist （*n.*） 樂觀的人
pessimist （*n.*） 悲觀的人
thorn （*n.*） 刺

What experience and history teach is this —
that people and governments never have
learned anything from history, or acted upon
any lesson they might have drawn from it.

— *Georg Wilhelm Friedrich Hegel*（*1770-1831*）

經驗和歷史給我們的教訓是：人民和政府都沒
有從歷史中學到什麼，或根據其中的教訓而有
所行動。

— 黑格爾，德國哲學家

德國哲學家黑格爾在十九世紀提出的箴言，至今依然應驗。那
人們為何還老是提歷史的教訓？

experience（*n.*）經驗
history（*n.*）歷史
government（*n.*）政府
act upon 遵照…行事、奉行
lesson（*n.*）教訓
draw（*v.*）取得（過去式及過去分詞 drew, drawn）

Not everything that can be counted counts,
and not everything that counts can be counted.

— *Albert Einstein*〔*1879-1955*〕

並非所有可計數的東西都是有價值的，
有價值的東西也不一定可用數目來衡量。

— 愛因斯坦，物理學家

人世間各種事物的價值，並不全然可用金錢、數字來衡量。

▲愛因斯坦紀念郵票

count （*v.*）
1.數數目、計數、計算
2.有意義、有價值

The philosophers have only interpreted
the world in various ways; the point is to
change it.

— Karl Marx（*1818-1883*）

哲學家只是用各種不同的方式詮釋這個世界；
問題在於要如何改變它。

— 馬克思，德國社會主義者

▲馬克思

philosopher （*n.*）哲學家
interpret （*v.*）詮釋
various （*adj.*）各種不同的
point （*n.*）要點、重點、問題所在

To be great is to be misunderstood.

— *Ralph Waldo Emerson*（*1803-1882*）

偉大的人，非常人所能理解。

— 愛默森，美國哲學家

　　中國的老子有言：「吾言甚易知，甚易行。天下莫能知，莫能
行。」或許就是此意。

misunderstand（*v.*）誤解、未得到充分理解
（過去式及過去分詞 misunderstood）

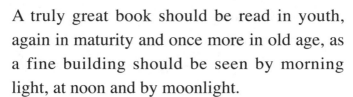

A truly great book should be read in youth, again in maturity and once more in old age, as a fine building should be seen by morning light, at noon and by moonlight.

— *Robertson Davies*（*1913-1995*）

一本真正偉大的書，應在青年、壯年、老年重再讀過。一如精緻的建築，應分別在晨光、烈日、月色下仔細欣賞。

— 羅伯森・戴維斯，加拿大作家及記者

　　對同一事物，因人生經歷，會有不同的領悟和品味。蔣捷的詞：「少年聽雨歌樓上……壯年聽雨客舟中……而今聽雨僧廬下。」有那麼一種生命領悟的滄桑之感。

youth（*n.*）年輕
maturity（*n.*）成熟
once more　再一次

Anyone who keeps the ability to see beauty never grows old.

— *Franz Kafka*（1883-1924）

保有欣賞美的能力，人不會變老。

— 卡夫卡，捷克作家

卡夫卡國籍屬奧匈帝國（今捷克）。生前默默無聞，以德文寫作。遺言請友人將未刊稿件銷毀，友人卻保留日後出版，主要作品有四部短篇小說集和三部未完成的長篇小說，其中以《變形記》最著名。他的性格具有敏感、怯懦、孤僻、憂鬱的氣質。作品大都以荒誕的形象和象徵比喻的手法，表現處於社會敵意環境下，孤立、難以自保的個人。卡夫卡描述「現代人的困惑」的小說，先是在歐洲，然後在全世界形成一股「卡夫卡熱」。村上春樹的小說《海邊的卡夫卡》就借用其形象。

ability（*n.*）能力
beauty（*n.*）美

▲卡夫卡

Every man's life is a fairy tale written by
God's finger.

— *Hans Christian Anderson* （1805-1875）

每個人的一生，都是上帝手寫的一則童話。

— 安徒生，丹麥童話作家

人生真有命運乎？未來是否已經決定？冥冥之中，似有定數？

對於命運之說，無論信與不信，總有些無奈。MIT物理教授黃克孫所譯《魯拜集》中有一首：「冥冥有手寫天書，彩筆無情揮不已，流盡人間淚幾千，不能洗去半行字。」命運的無奈，可說是人類千古不解的困惑。

安徒生是童話作家，在他心目中，人生可能像是一篇童話故事；當然，所謂「童話故事」不一定都是美好圓滿的。

fairy tale （*n.*） 童話
finger （*n.*） 手指

▲安徒生

Kind words can be short and easy to speak,
but their echoes are truly endless.

— *Mother Teresa*〔*1910-1997*〕

好話，可能簡短易說，但其回聲是無止境的。

— 德蕾莎修女

*對人說好話，容易有好報，是一切好事的開端。

echo〔*n.*〕回聲、回音

The great man is the one who does not lose
his child's heart.

— *Meng-tzu*〔*371-289 BC*〕

孟子曰：大人者，不失其赤子之心。

— 孟子，戰國時代思想家

*孟子的英文名亦作：Meng Tzu, Mencius, Mengzi等。

讀書寫作
Reading and Writing
CD＊11

中國古語說：「書中自有黃金屋」。古今愛書人，在
書本中找到更大的寄託。

The walls of books around him, dense with the past,
formed a kind of insulation against the present world of
disasters.　　　　　　　　*—Ross MacDonald（1915-1983）*

書本所構成的圍牆，充滿了過去的智慧，讓我們與現今
的俗世災難有所隔離。　　　　　　　—麥當諾，美國作家

錢鍾書夫人楊絳也說：「鑽入書中世界，這邊爬爬，那
邊停停，有時遇到心儀的人，聽到愜意的話，或者對心
上懸掛的問題偶有所得，就好比開了心竅，樂以忘言。」
讀書之趣，要涵泳其中的人才知味，多擺幾本書在家裡吧。

Books were my pass to personal freedom. I learned to read at age three, and soon discovered there was a whole world to conquer that went beyond our farm in Mississippi.

— Oprah Winfrey（1954-）

書籍是通往個人自由的護照。我三歲學會閱讀，很快就發現，在我們密西西比的農莊之外，有更廣闊的世界等待我去征服。

—歐普拉‧溫弗瑞，美國電視節目主持人

▲《歐普拉開講》書影

歐普拉‧溫弗瑞是登上億萬富翁排行榜的第一位黑人婦女，她所主持的節目《歐普拉》（*Oprah*），是美國電視史上收視率最高的脫口秀節目。

pass（*n.*） 通行證、護照、入場許可
personal（*adj.*） 個人的、私人的
conquer（*v.*） 征服
go beyond 超過、越過、跨越

The reading of all good books is like
a conversation with the finest men of
the past centuries.

— *René Descartes*（*1596-1650*）

讀好書猶如與最優秀的前人交談。

— 笛卡兒，法國哲學家

　　笛卡兒是法國哲學家，近代西方哲學奠基者之一。他有句名言：「我思故我在。」（I think, therefore I am.）

　　笛卡兒也是大數學家。1637年他發表《幾何學》，首創直角坐標系，把幾何學的問題轉換成代數的問題，利用代數的方法來求解幾何問題。此一「解析幾何學」方法將幾何曲線與代數方程式相結合，也為後來微積分的發展打下基礎。1649年，他應瑞典女皇之請，前往斯德哥爾摩作客講學，隔年因不耐北歐的酷寒，罹肺炎去世，墓碑上刻著：「笛卡兒，歐洲文藝復興以來，第一位為人類爭取並保障理性權利的人。」

the finest　最好的

century（*n.*）世紀

▲法國發行的笛卡兒紀念郵票

No furniture is so charming as books.

— *Sydney Smith*（*1771-1845*）

書是家居最迷人的家具。

——席地尼‧史密斯，英國宗教領袖及作家

曾見過不少房子，外觀漂亮，內部設計一流，家具也很有品味。但不知為什麼，總覺得屋子裡似乎少了什麼東西，後來才想起，原來少了書架和書。

furniture （*n.*） 家具
charming （*adj.*） 迷人的

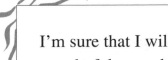

I'm sure that I will always be a writer. It was wonderful enough just to be published. The greatest reward is the enthusiasm of the readers.

— *J.K. Rowling*（*1965-*）

我相信自己一直會當作家，光是出書就很開心。
當作家的最大回報就是讀者熱愛你的作品。

— 羅琳，英國作家

　　以《哈利波特》系列暢銷全球的羅琳，她的靈感始於一次搭火車的途中。曾經窮到家裡沒有足夠的暖氣，只能在咖啡館裡寫作，而今，她卻是有史以來最暢銷的少數作家之一。

publish（*v.*）出版、發表
reward（*n.*）回報、獎賞
enthusiasm（*n.*）熱情、狂熱

Writing at its best is a lonely life.
— *Ernest Hemingway*（*1899-1961*）

寫作的最佳狀態是過著孤寂的生活。

— 海明威，美國作家

　　海明威是1954年諾貝爾文學獎得主，這是他在致答辭裡的一段話。在這篇謝辭中他也提到：「倘若他是一個真正作家的話，在孤獨寫作時，他必須每天面對著永恆的虛無，幸運的話就能寫出永恆的作品。」

at its best　在最佳狀態下
lonely（*adj.*）孤寂的

▲美國發行的海明威紀念郵票

The habit of broad, outside reading keeps him intellectually alive, culturally sharp.

— *Isaac Asimov* （1920-1992）

廣泛的閱讀習慣，令人保持心智靈活、對文化感覺敏銳。

— 艾西莫夫，美國科幻作家

　　艾西莫夫，二十世紀科幻文學大師、科普作家，舉世聞名的全方位作家。幼年時，在父親經營的糖果店裡發現科幻雜誌，便迷上這種獨特風格的文體，立志成為科幻小說家。擁有哥倫比亞大學化工博士學位的他，經常受邀四處演講，卻又不喜歡旅行，最大的樂趣就是窩在家中，在打字機上，不停的寫出近五百本著作。他的寫作題材涵蓋自然科學所有領域。艾西莫夫相當自豪，在圖書館依「杜威十進分類法」的分類，每一類都有他的作品。

▲《艾西莫夫英國紀行》書影

habit （*n.*） 習慣
broad （*adj.*） 寬廣的、廣泛的
outside （*adj.*） 不限於本行的、課外的
intellectually （*adv.*） 在心智上、在知性上
sharp （*adj.*） 敏銳的

English usage is sometimes more than mere taste, judgment and education — sometimes it's sheer luck, like getting across the street.

— *E.B. White*（*1899-1985*）

英文的遣詞用字有時不僅是品味、見識和教育而已——有時純粹是靈光一閃，如同過街般，全憑運氣。

— E. B. 懷特，美國作家

懷特一生中寫過十七本書，包括童書、詩集及散文。其中以《夏綠蒂的網》（*Charlotte's Web*）、《小老鼠司徒特》（*Stuart Little*）和《天鵝的喇叭》（*The Trumpet of the Swan*）三本書最為膾炙人口。電影《一家之鼠》即根據他的書改編。

usage（*n.*）用法、表達法
mere（*adj.*）僅僅
judgment（*n.*）見識、判斷
sheer（*adj.*）全然的、純粹的
get across 越過、穿越

A good book is the best of friends,
the same today and forever.

— *Martin Tupper*（*1810-1889*）

一本好書即是良友，今天如此，永遠如此。

—塔柏，英國詩人

Writing is the only thing that, when I do it,
I don't feel I should be doing something else.

— *Gloria Steinem*（*1934-*）

唯一能夠讓我心無旁鶩去做的一件事，
就是寫作。

—葛蘿莉亞‧史坦能，美國女權主義倡導者

Some books are to be tasted, others to be
swallowed, and some few to be chewed
and digested.

— *Francis Bacon*（*1561-1626*）

有些書僅宜淺嘗，有些書可以吞嚥，
其他少數書則適合咀嚼，然後消化。

— 培根，英國哲學家及散文家

taste（*v.*）品嚐
swallow（*v.*）吞嚥
chew（*v.*）咀嚼
digest（*v.*）消化

▲培根畫像

The business of the poet and novelist is to
show the sorriness underlying the grandest
things, and the grandeur underlying the
sorriest things.

— Thomas Hardy（1840-1928）

詩人和小說家的要務，是在作品中表現出
華麗底下的哀傷，悲痛裡隱藏的光輝。

— 哈代，英國作家

poet（*n.*）詩人
novelist（*n.*）小說家
sorriness（*n.*）悲傷、悲慘、可憐
underlie（*v.*）位於…之下、隱藏
在…的下面
grandeur（*n.*）華麗、堂皇

▲哈代畫像

The pleasure of all reading is doubled
when one lives with another who shares
the same books.

— *Katherine Mansfield*（*1888-1923*）

假如能與喜愛同一類書的人共同生活，
閱讀將倍增愉悅。

— 曼殊斐兒，英國作家

pleasure （*n.*） 愉悅
double （*v.*） 增加一倍
share （*v.*） 分享

There is no such thing as a moral or an
immoral book. Books are well written,
or badly written.

— Oscar Wilde（1854-1900）

書，沒有所謂道德或不道德。
書，只有寫得好或寫不好。

——王爾德，愛爾蘭劇作家

moral （*adj.*） 道德的
immoral （*adj.*） 不道德的

"Classic." A book which people praise
and don't read.

— Mark Twain（1835-1910）

所謂經典，就是眾口稱讚，可是都沒讀過。

——馬克吐溫，美國作家

classic （*n.*） 經典、經典作品
praise （*v.*） 稱讚、讚賞

文學藝術
Literature and Art
CD ＊ 12

Art washes away from the soul
the dust of everyday life.

—Pablo Picasso（1881-1973）

藝術可滌淨人們日常蒙垢的心靈。

—畢卡索，西班牙畫家

No artist is ahead of his time. He *is* his time;
it is just that others are behind the time.

— *Martha Graham*（1894-1991）

沒有所謂領先時代的藝術家，他本身就是時代，
也可以說，是其他人落後於時代。

— 瑪莎·葛蘭姆，美國舞蹈家

　　藝術的思維或作品表現，都具有時代性。印象派、野獸派、後現代派……都標記著藝術的時代風潮，梵谷、莫內、畢卡索也成為各時期藝術的代表人物。文學、藝術史上於是有了「莎士比亞時代」、「梵谷時代」……的說法。

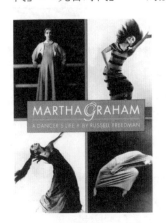

瑪莎·葛蘭姆是美國現代舞之母，她九十六年的人生中，在舞台上活躍了六十多年。她說：「年紀」只是歲月流逝的結果之一，「成熟」才是歲月風采的展現。

ahead of　在…之前、領先
behind（*adj.*）落後的

▲瑪莎·葛蘭姆舞姿

When power leads man toward arrogance,
poetry reminds him of his limitations.
When power narrows the area of man's
concern, poetry reminds him of the
richness and diversity of existence.
When power corrupts, poetry cleanses.

— John F. Kennedy（1917-1963）

當權力使人傲慢自大，詩提醒了他個人的局限。
當權力使人關懷的範圍變窄，詩提醒了他生命
的豐富與多元。權力使人腐化，詩使人淨化。

— 甘迺迪，美國第三十五任總統

　　1961年，年方四十三、美國有史以來最年輕的總統約翰‧甘迺迪入主白宮，詩人佛洛斯特受邀在就職典禮中朗誦詩歌。1963年10月26日，甘迺迪總統為安默斯特學院設立佛洛斯特紀念圖書館致詞，這是他最後一次作公眾演講。不到一個月後，11月22日甘迺迪在德州達拉斯遭槍殺，年方四十六。

arrogance （*n.*）傲慢	existence （*n.*）存在
limitation（*n.*）局限、限制	corrupt （*v.*）腐敗
diversity （*n.*）多元、形形色色	cleanse （*v.*）滌清

A note of music gains significance from the silence on either side.

— *Anne Morrow Lindbergh*（*1906-2001*）

一段樂章的音符因有前後的靜默而意味深長。

——林白夫人，美國作家、詩人

　　大鋼琴家荀納伯（Arthur Schnabel, 1883-1951）說過：每一串音符我並沒有彈得比別人好，可是在音符與音符之間的停頓……我就太棒了。啊！此時無聲勝有聲，那就是藝術的所在。

note（*n.*）音符

gain（*v.*）得到、獲得

significance（*n.*）意義、深長的意味

silence（*n.*）靜默、沉默

The history of art is the history of revivals.

— *Samuel Butler*（*1835-1902*）

藝術史就是一部人類精神的再生紀錄。

— 巴特勒，英國小說家

藝術是美的探索和欣賞，藝術史涉及創作和審美觀的演變。

台灣藝術界名人蔣勳曾經說過：「美」是歷史中漫長的心靈傳遞。

revival（*n.*）
再生、復甦、復興

▲巴特勒

The dancer's body is simply the luminous manifestation of the soul.

— Isadora Duncan（1877-1927）

舞者的身體就是靈魂的發光現象。

——伊莎朵拉‧鄧肯，美國舞蹈家

　　伊莎朵拉‧鄧肯是現代舞之母，她跳舞時總是赤著腳，接觸大地，發自靈魂。

luminous（*adj.*）　發光的、明亮的
manifestation（*n.*）　顯影、顯現、表明、宣示

▲鄧肯

Art is the only thing you cannot punch a button for, you must do it the old-fashioned way. Stay up and really burn the midnight oil, there are no compromises.

— *Leontyne Price*（*1927-* ）

藝術是唯一不能在一夕之間做到的一門學問，你必須要用老方法下苦功，點燈熬夜以求，沒有別的方法。

—普萊絲，美國非裔聲樂家

punch （*v.*） 按、壓
button （*n.*） 按鈕
old-fashioned （*adj.*） 老式的、舊式的
stay up 熬夜、不上床睡覺
burn the midnight oil 開夜車、挑燈夜戰
compromise （*n.*） 妥協

Drama is life with the dull parts cut out of it.
— *Alfred Hitchcock*（*1899-1980*）

戲如人生，只不過剪掉了乏味的部分。
—希區考克，美國導演

　　希區考克導過許多部著名懸疑電影，如《蝴蝶夢》、《鳥》、《火車怪客》、《盲女驚魂記》，分分秒秒，扣緊觀眾心弦，倒真是沒有沈悶乏味的時刻。

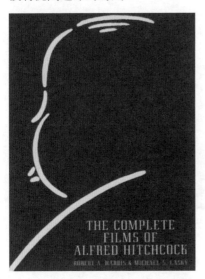

drama （*n.*） 戲劇
dull （*adj.*） 單調的、乏味的

▲《希區考克電影全集》一書封面上希區考克著名的剪影

At the touch of love, everyone becomes
a poet.

— Plato（*427-347 B.C.*）

一經愛的觸動，每個人都成爲詩人。

—— 柏拉圖，希臘哲人

touch （*n.*） 接觸、觸動
poet （*n.*） 詩人

▲柏拉圖畫像

A film is never really any good unless the camera is an eye in the head of a poet.

— *Orson Welles*（*1915-1985*）

倘若攝影機不像詩人腦中之眼，電影就永遠也拍不好。

— 奧森・威爾斯，美國導演及演員

▲《奧森・威爾斯訪談記》書影

天才導演奧森・威爾斯，二十三歲時自導自演的《大國民》（*Citizen Kane*），獲選為二十世紀最偉大的電影。他也曾為收音機前的聽眾錄製無數齣廣播劇，極受歡迎。請聽《躺著學英文2－青春・英語・向前行》有聲廣播劇，收錄的就是他的聲音。

unless（*conj.*）除非
camera（*n.*）攝影機

A great poem is a fountain forever
overflowing with the waters of wisdom
and delight.

— *Percy Bysshe Shelley (1792-1822)*

一首好詩，宛如一座不斷滿溢而出智慧和
喜樂的泉源。

— 雪萊，英國詩人

早夭的英國詩人雪萊，享年僅三十，他的妻子是經典名著《科學怪人》（*Frankenstein*）的作者瑪麗‧雪萊。

fountain （*n.*） 噴泉、泉源
overflow （*v.*） 滿溢、溢出
wisdom （*n.*） 智慧
delight （*n.*） 喜樂、愉悅

▲雪萊畫像

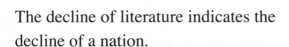

The decline of literature indicates the
decline of a nation.

— *Johann Wolfgang von Goethe*（*1749-1832*）

文學的衰退，即象徵國家的衰退。

—歌德，德國詩人及劇作家

decline （*n.*） 衰退　　　　indicate （*v.*） 象徵、指示

Poetry is when an emotion has found its
thought and the thought has found words.

— *Robert Frost*（*1874-1963*）

當情緒激發出思想，於是有了詩意；
當思想覓得合宜的字句，就構成了詩。

—佛洛斯特，美國詩人

emotion （*n.*） 情緒　　　　thought （*n.*） 思想

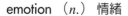

All children are artists. The problem is how to remain an artist once he grows up.

— *Pablo Picasso*（1881-1973）

所有的兒童都是藝術家，問題是，長大以後要如何維持本心。

——畢卡索，西班牙畫家

▲畢卡索年輕時代的自畫像

藝術家要保有純眞童心來看待世界，不隨時間及年齡而有所改變。

artist（*n.*） 藝術家
once（*adv.*） 一旦
grow up 長大

戰爭和平
War and Peace
CD＊13

All we are saying is give peace a chance.

—*John Lennon*（*1940-1980*）

我們要說的是：給和平一個機會吧！

—約翰・藍儂，英國歌手

We are concerned not with words, but with
a willingness to create a better and more
friendly society, a better world order.

— Andrei Sakharov（1921-1989）

我們不要空口白話，我們盼望創造一個更好
而友善的社會，一個更合理的世界秩序。

— 沙卡諾夫，蘇聯物理學家

沙卡諾夫原是前蘇聯核子武器發展的主要人物，後來成為人權鬥士，1975年獲得諾貝爾和平獎。

concerned （*adj.*） 關心的
willingness （*n.*） 樂意、意願
create （*v.*） 創造
society （*n.*） 社會
order （*n.*） 秩序

In war, whichever side may call itself the
victor, there are no winners, but all are losers.

— Neville Chamberlain（1869-1940）

戰爭中，任何一方都可能説自己是勝利者；
事實上，沒人是贏家，人人都是輸家。

— 張伯倫，英國首相

　　這是1938年七月張伯倫發表的演說詞。兩個月後，1938年九月二十九，張伯倫與希特勒簽訂慕尼黑協定，次年德國便全面併吞了捷克，張伯倫也因此被後世視爲姑息主義的代表人物，不過他這段話倒是至理名言。

whichever （*adj.*） 無論哪個、任一
victor （*n.*） 勝利者
winner （*n.*） 贏家
loser （*n.*） 輸家

My wish is to become a bridge across
the Pacific.

—— *Inazo Nitobe*（*1862-1933*）

我期望成爲跨接太平洋兩岸的橋樑。

—— 新渡戶稻造，日本教育家

　　新渡戶稻造，農學博士、教育家，日幣五千日圓紙幣上的肖像人物，活躍於日本明治大正時期。曾任台灣總督府殖產局長，爲台灣製糖工業打下必要的基礎建設。後於從事國際聯盟活動途中病逝於加拿大，目前在溫哥華英屬哥倫比亞大學（UBC）內有一純日式風格的新渡戶紀念花園（Nitobe Memorial Garden）。

▲日幣五千日圓紙幣上印著新渡戶稻造肖像

We will surely get to our destination
if we join hands.

— *Aung San Suu Kyi（1945- ）*

只要我們攜手同行，一定可以到達目的地。
　　　　　　　　　— 翁山蘇姬，緬甸民主運動人士

翁山蘇姬是1991年諾貝爾和平獎得主。她為了爭取民主，長期遭到緬甸軍政府軟禁。

destination （*n.*） 目的地
join （*v.*） 連接
join hands　攜手合作

▲翁山蘇姬

Our scientific power has outrun our
spiritual power. We have guided missiles
and misguided men.
— *Martin Luther King, Jr.*（*1929-1968*）

科學發展的力量已超越心靈的力量。
我們有了導向飛彈，人心卻失去導向。
—— 馬丁·路德·金恩，美國民權鬥士

scientific （*adj.*） 科學的
spiritual （*adj.*） 精神的、心靈的
outrun （*v.*） 超越、凌駕
guided missile 導向飛彈
misguided （*adj.*） 被誤導的、誤入歧途的

It is an unfortunate fact that we can secure
peace only by preparing for war.

— John F. Kennedy（1917-1963）

唯有備戰才能鞏固和平，這是不幸的事實。

— 約翰・甘迺迪，美國第三十五任總統

unfortunate （*adj.*） 不幸的
secure （*v.*） 保衛、鞏固

Enough of blood and tears. Enough.

— *Yitzhak Rabin*（*1922-1995*）

已經有太多的流血和淚水了！太多了！

— 拉賓，以色列總理

　　這是1993年拉賓在華府和阿拉法特共同發表「以巴聲明」時所說的話。他在1994年獲諾貝爾和平獎，1995年遇刺身亡。

blood （*n.*）血
tear （*n.*）淚

▲1995年密克羅尼西亞發行的拉賓紀念郵票

If you want to make peace, you don't talk
to your friends. You talk to your enemies.

— *Moshe Dayan*（1915-1981）

如果要創造和平，不要跟朋友談，
你必須和敵人對話。

— 戴揚，以色列國防部長

　　戴揚是1967年中東六日戰爭的風雲人物。從1945年以來，以阿之間發生無數次衝突，1967年爆發第三次以阿戰爭，亦即「六日戰爭」。當時，埃及總統納賽爾下令封鎖以色列北部所有重要港口，而國土面積不足三萬平方公里的以色列已無退路，於是採「越境殲敵」的戰略，先發制人。戰爭中，埃及、約旦、敘利亞三個阿拉伯國家損失慘重，傷亡和被俘達六萬餘人；以色列軍隊死亡僅九百八十三人。

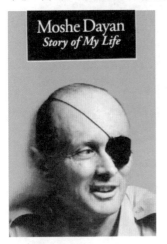

▲ 《戴揚自傳》書影

make peace　　締和、講和
enemy （*n.*）　敵人

We seek peace, knowing that peace is the
climate of freedom.

— *Dwight Eisenhower*（*1917-1969*）

我們尋求和平，因為我們知道和平是
自由的條件。

— 艾森豪，二戰盟軍統帥、美國總統

seek （*v.*） 追求、尋求
climate （*n.*） 氣候
freedom （*n.*） 自由

▲艾森豪的紀念銀幣

The greatest problem in the world today
is intolerance. Everyone is so intolerant of
each other.

　　　　　　　　　— *Princess Diana*（*1961-1997*）

現今世上最大的問題是偏狹、不能容忍。
每個人都無法容忍彼此。

　　　　　　　　　　　　　— 戴安娜王妃

intolerance　（*n.*）無法忍受
intolerant　（*adj.*）不能容忍的

錢財經濟
Money and Economics
CD＊14

We make a living by what we get, but we make a life
by what we give.

— *Winston Churchill*（*1874-1965*）

我們靠所得來過生活，而從所付出的得到生命的價值。

— 邱吉爾，英國首相

Wealth is not his that has it, but his that enjoys it.

— *Benjamin Franklin*（*1706-1790*）

善用財富要比擁有財富重要。

——富蘭克林，美國科學家及政治家

　　富蘭克林，美國開國元勳，也是避雷針、老年人用的雙焦距眼鏡的發明者。他出生於波士頓，一生只在學校唸過兩年書。十二歲時到小印刷廠當學徒，利用工作之餘，刻苦閱讀自習成才。創辦《賓夕法尼亞報》、費城圖書館，並組織「共讀社」，後來發展成美國哲學會。他過世時，兩萬人參加出殯隊伍，賓州居民並為他服喪一個月以示哀悼。

　　美金百元大鈔上的肖像人物即富蘭克林。他有一句名言：「省一文錢，等於賺一文錢。」（A penny saved is a penny earned.）勸人節儉以致富。

▲美金百元大鈔上的富蘭克林肖像

wealth（*n.*）
財富
enjoy（*v.*）
享受

The rule is not to talk about money with people who have much more or much less than you.

— *Katherine Whitehorn*（1926- ）

記住，千萬不可和比你富有或比你貧窮的人談論金錢。

—凱薩琳・懷特洪，英國專欄作家

凱薩琳・懷特洪出身牛津大學，1960至1996年任職於《觀察家》（*The Observer*）報，擔任評論員，後來是《傳奇》（*Saga*）雜誌的專欄作家。

rule（*n.*） 規則
talk about 談論
more than 比…更多
less than 比…更少

Money is a good servant but a bad master.

— French proverb

金錢雖是好僕人，卻是壞主人。

—法國諺語

人一旦為錢所困，淪為金錢的奴隸，那就麻煩了。

servant （*n.*） 僕人
master （*n.*） 主人
proverb （*n.*） 諺語、格言

Pennies don't fall from heaven. They have to be earned on earth.

— *Margaret Thatcher*（*1925-*）

錢不會由天上掉下，要腳踏實地去賺來。

— 柴契爾夫人，英國首相

每個人都希望發財，但腳踏實地賺錢最實在。

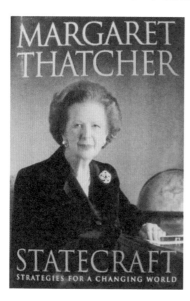

penny（*n.*）便士，英國舊貨幣單位
earn（*v.*）賺取

▲柴契爾夫人《國政方略》書影

There is no such thing as a free lunch.
— *Robert Heinlein*（*1934-2001*）

天下沒有白吃的午餐。

— 海萊因，英國科幻小說家

　　這句話出自海萊因的科幻小說《月亮是殘酷的情婦》（*The Moon is a Harsh Mistress, 1966*），原文：" There Ain't No Such Thing As A Free Lunch." 1960年之後流行於美國經濟學界的說法。「免費午餐」（Free Lunch）是傳統酒吧常用的行銷策略，可是，你有注意到入場費嗎？還有，喝酒也要算錢，所以「天下沒有白吃的午餐」。諾貝爾經濟學獎得主傅利曼（Milton Friedman）有一本著作就以 "There is No Free Lunch." 為名。後來，高希均教授將這句話中譯為「天下沒有白吃的午餐」，傳誦一時。

I guess all this "New Economy" talk is what's inflating the bubble.

— *Robert Shiller*（*1946-*）

我想，就是這些對「新經濟」的鼓吹，把這泡沫吹大的。

— 羅勃‧席勒，美國經濟學家

　　股市的泡沫，過度的投資熱。一些專家對新趨勢的過度宣傳，恐有誤導作用。1996年，葛林史班曾經聆聽多位學者專家的意見，其中一位即著有《非理性繁榮》（*Irrational Exuberance*）的席勒。他指出，美國股市已經過熱，可能引發泡沫經濟的危機。這個說法與葛氏的觀點不謀而合。葛林史班在後來的演說中，就借用「非理性繁榮」（irrational exuberance）來形容當時的美國股市情況，不久美股果然重挫，全球股市連帶遭殃。「非理性繁榮」一詞從此成為名言。

inflate（*v.*）膨脹
bubble（*n.*）泡沫

I have no doubt that, human nature being what it is, that it is going to happen again and again.
— *Alan Greenspan*（*1926-*）

我毫不懷疑，人的本性如此，所以這種事情就會一再發生。

— 葛林史班，美國經濟學家

因擔任美國聯邦準備理事會（Federal Reserve Board）主席而全球知名的葛林史班，1998年在美國眾議院對景氣和股市起伏發表意見，丟下這句話。

doubt（*n.*） 懷疑
human nature 人性
again and again 一次又一次

It's given new meaning to me of the scientific term "black hole".

— Don Logan（1944- ）

這個經驗，令我真正對「黑洞」這個科學專有名詞有了新的詮釋。

— 唐‧羅根，美國 Time 公司總裁

羅根在 2002 年成為 AOL Time Warner 媒體及通訊集團主席。

黑洞，原指宇宙中大質量星球，因重力崩塌而形成的超強引力場中心，任何東西一旦進入其範圍，就無法逃離。在 Internet 興起時，許多人都被鼓動投資所謂的網路達康公司（dot.com），結果一敗塗地者大有人在，Time 公司也不例外，成立 Pathfinder 公司投入了大量資金。其主事者在慘賠後表示，這時才真正了解到「黑洞」一詞的意思：一個把人吸乾榨光的無底洞。

meaning （*n.*） 意義
scientific （*adj.*） 科學的
term （*n.*） 專有名詞、術語

It is better to be approximately right than precisely wrong.

— Warren Buffett（1930- ）

「大略」的正確，要比「精準」的錯誤為佳。

——華倫·巴菲特，美國投資家

　　華倫·巴菲特據說是歷史上最成功的投資家。小時候做過送報童，十一歲時就開始投資股票。多年位居世界第二大富豪，直到2004年才退居第三名；首富則為宜家（IKEA）家具創辦人，而比爾·蓋茲排名第二。他的投資哲學既簡單又傳統，不受華爾街股市流行趨勢所影響。投資人最好奇的是巴大師縱橫股海的必賺術秘訣為何？說穿了就是「耐心」二字，不輕易出手，看上眼的股票長線抱牢，絕不波段操作。而在網路股狂飆時，他的投資組合裡一支網路股也沒有。

　　對理財投資的看法，巴菲特認為，大方向正確即可，否則方向不對卻機關算盡，那也是白費工夫。他的投資有多成功呢？打個比方，如果你在1965年投資一萬元美金在巴菲特的投資公司股票的話，三十五年後的價值已經累積到五千萬美金。

approximately （*adv.*）大約、大概
precisely （*adv.*）準確地、正確地

Everything in the world may be endured
except continual prosperity.

— *Johann Wolfgang von Goethe*（*1749-1832*）

世上一切事物或可持久，
唯獨持續的繁榮例外。

— 歌德，德國詩人及劇作家

　　歌德此言似帶反諷，意謂人類無法耐得住、無法承受長久的榮景。不過，萬事萬物盛極必衰，似乎也是世間的一種規律。

endure （*v.*）持久、持續、耐得住
continual （*adj.*）不斷的、連續的
prosperity （*n.*）繁榮

When economics gets important enough,
it becomes political.

— Peter G. Peterson（1926- ）

任何經濟問題嚴重到一個地步，
就會成為政治問題。

— 彼得・彼德森，美國商業界領袖

　　彼德森曾在尼克森總統任內擔任過商務部長、國際經濟政策總統特助，歷任許多大企業高階主管，至今仍活躍於金融界及國際經濟事務。

important（*adj.*）重要的
become（*v.*）變成、成為
political（*adj.*）政治的

名聲廣告
Fame and Advertising
CD＊15

Good times, bad times, there will always be
advertising. In good times people want advertising;
in bad times they have to.

—*Bruce Barton*（*1886-1967*）

不管景氣好或景氣壞，永遠都要做廣告。

景氣好的時候，人們想要做廣告，

景氣壞的時候，人們不得不做廣告。

—布魯斯・巴登，英國經濟學家

What is in a name? That which we call a rose by any other name would smell as sweet.

— *William Shakespeare*（*1564-1616*）

名稱有什麼重要？玫瑰花就算換了名字，依然芬芳。

— 莎士比亞，英國劇作家

這句話出自莎翁名劇《羅密歐與茱麗葉》。許多人很在意頭銜、職稱，而忽略了最重要的個人本質。

▲莎士比亞畫像

To some extent, I am disappearing as a person
and becoming a symbol.

— *Gao Xingjian*（*1940-*）

就某些方面來說，我本人似乎消失了，
「高行健」成為一個符號。

— 高行健，旅法華人作家及畫家

　　知名度具有巨大的市場價值，高行健得到2000年諾貝爾文學獎
之後，他就成了大忙人，各方邀約不斷。在一次受訪中，他感嘆自
己似乎消失不見，出現在公眾之前的高行健只是一個帶著諾貝爾獎
桂冠的人而已。這可說是盛名之累。

extent （*n.*）範圍
disappear （*v.*）消失
symbol （*n.*）符號、象徵

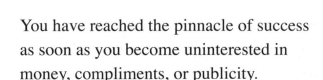

You have reached the pinnacle of success
as soon as you become uninterested in
money, compliments, or publicity.

— *Thomas Wolfe*（*1900-1938*）

一旦你對金錢、恭維或知名度不動於心，
那代表你已登上成功的顛峰。

— 湯瑪斯・伍爾夫，美國作家

不忮不求，難矣哉！

伍爾夫是二十世紀美國最重要的小說家之一，著有《天使，望故鄉》（*Look Homeward, Angel*）、《時間與河》（*Of Time and the River*）等。

pinnacle （*n.*）頂點、峰頂
as soon as 一…就…
uninterested in 對…沒興趣
compliment （*n.*）恭維、讚美
publicity （*n.*）知名度

My look is attainable. Women can look like Audrey Hepburn by flipping out their hair, buying the large sunglasses, and the little sleeveless dresses.

— *Audrey Hepburn*（1929-1993）

我的模樣是可以模仿的。女人只要甩動頭髮，買副大太陽眼鏡，穿上無袖的小洋裝，看起來就像奧黛莉・赫本。

——奧黛莉・赫本，美國影星

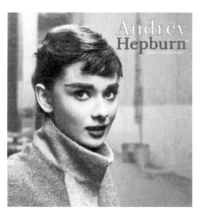

▲奧黛莉・赫本書影

電影對時尚流行文化有莫大的影響，奧黛莉・赫本以《羅馬假期》在影壇樹立了一代玉女的形象，赫本頭也跟著流行全球。

attainable（*adj.*）可得到的
flip out 甩動
sunglasses（*n.*）太陽眼鏡
sleeveless（*adj.*）無袖的

Everybody's private motto:
it's better to be popular than right.

— *Mark Twain*（1835-1910）

每一個人都該奉行的個人座右銘：
「受歡迎」要比「言行正確」來得好。

— 馬克吐溫，美國作家

　　在當今八卦盛行、知識庸俗化的時代，「知名度」也成了一種商品價值，好的、壞的名聲都可炒作一時，如何「討好、迎合」群眾品味成了流行。馬克吐溫這段話，真可說是先知。

private （*adj.*）私密的、私人的
motto （*v.*）座右銘、信條
popular （*adj.*）流行的、通俗的、有人緣的、受歡迎的

Glass, china and reputation, are easily cracked and never well mended.

— *Benjamin Franklin*（*1706-1790*）

聲譽如同玻璃、瓷器一樣易碎，一旦受損就難以修復。

— 富蘭克林，美國政治家及發明家

　　有名固然好，但「名氣」（fame）基本上是偶然的、可以被炒作的，且隨時可能消逝；而名氣所帶來的，有時也有負面的效應。「聲譽」則無法操縱，必須經過持久的努力及維持。然而不管是名氣或聲譽，兩者皆如此不堪一擊。

china （*n.*）瓷器
reputation （*n.*）名譽、聲譽
crack （*v.*）碎裂
mend （*v.*）修補

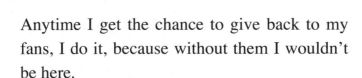

Anytime I get the chance to give back to my fans, I do it, because without them I wouldn't be here.

— Mariah Carey（1970- ）

只要有機會，我就會回饋我的歌迷，
因為，沒有他們的話，我不會有今天。

— 瑪莉亞‧凱莉，美國歌手

明星的魅力、名氣，也是花社會成本打造出來的。

fan （*n.*）迷；影迷、歌迷

In the future everybody will be world famous for fifteen minutes.

— *Andy Warhol*（*1928-1987*）

未來，每個人都有機會成名十五分鐘。

— 安迪・沃荷，美國畫家

這句話是普普派藝術大師安迪・沃荷的名言。至於每個人如何把握自己的十五分鐘，就各憑本事了。

future （*n.*）未來
famous （*adj.*）出名的

▲美國發行的安迪・沃荷紀念郵票

Doing business without advertising is like winking at a girl in the dark. You know what you are doing but nobody else does.

— *Edgar W. Howe*（*1853-1937*）

做生意不打廣告，就像在黑暗中向女孩子眨眼睛，只有你自己知道，別人卻渾然不覺。

— 艾德加‧郝，美國編輯人及作家

這句話詼諧地指出廣告之必要。

艾德加‧郝是美國報業發展史上的重要人物，從1877年到1911年他在堪薩斯州艾金森市（Atchinson）《環球日報》（*Daily Globe*）擔任編輯、發行人，其後又創辦了自己的雜誌。他也寫過好幾本小說。

advertise（*v.*）做廣告、打廣告、宣傳
wink（*v.*）眨眼
in the dark 在黑暗中

幽默嘲諷
Humor and Satire
CD＊16

在一些場合，幽默一下或自我嘲諷，常可打開僵局。
一起看看美國總統和其他名人的機智吧。

All you need for a movie is a gun and a girl.
—*Jean-Luc Godard*（*1930-*）

拍電影，只要有把槍和一個妞就夠了。

—尚盧·高達，法國導演

Good luck. That's sort of like trying to nail jello to the wall.

— *Bill Clinton*（*1946-*）

這有點像「想把果凍釘在牆壁上」，那只能祝他們好運了。

— 柯林頓，美國第四十二任總統

2000年，在為自己的中國政策辯護時，柯林頓強調經濟上的改變必將帶動政治上的改革。從 Internet 對美國所造成的改變，他預測，網路勢必大幅度影響中國。但他也指出，中國大陸試圖管制網路，有如「想把果凍釘在牆壁上」，終將徒勞無功，只好祝他們「好運」了。

sort of　有點、有些
nail　（v.）（用釘子）釘住，固定
jello　（n.）果凍（＝jelly）

You can turn painful situations around through laughter. If you can find humor in anything, even poverty, you can survive it.

— *Bill Cosby*（*1937-*）

你可以化痛苦為歡樂。倘若能處處發現幽默，就算貧窮，你也能夠存活。

— 比爾‧考斯比，美國演員

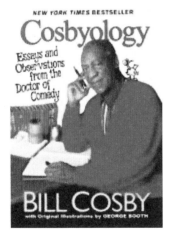

turn...around　扭轉
painful（*adj.*）　痛苦的
situation（*n.*）　情況
laughter（*n.*）　笑
poverty（*n.*）　貧窮
survive（*v.*）　存活

▲比爾‧考斯比所著《考斯比學》書影

We are number two. We try harder.

— *Avis car rentals*

我們排第二名，所以我們會更努力。

— 艾維斯租車公司

▲AVIS的徽章

AVIS 排在 Hertz 之後，力拚美國租車業的市場。這是力爭上游的老二，AVIS 坦言自己的老二地位更需努力，此話令人印象深刻。

When I hear your new ideas I'm reminded of that ad, "Where is the beef?"

— *Walter Mondale*（*1928-*）

我一聽到你的想法，就想起「牛肉在哪裡？」那個廣告。

— 孟岱爾，美國副總統

這是1984年孟岱爾和蓋瑞・哈特（Gary Hart）角逐民主黨總統候選人提名時，在初選辯論會上說的話。若認爲別人所提的內容缺少眞材實料，即可套用此句。孟岱爾後來順利擊敗哈特，不過在總統大選中輸給了雷根。

"Where is the beef?" 是溫蒂漢堡（Wendy's Hamburgers）由1984年一月起在電視上播出的廣告，用以諷刺對手的漢堡沒料。據報導，那次的廣告戰讓溫蒂的銷售量增加了31%，年終收益成長24%。

idea （*n.*）想法、主意
remind of 使想起、提醒
ad （*n.*）廣告；advertisement 的縮寫
beef （*n.*）牛肉

Read my lips: no new taxes.

— George Bush（*1924-*）

請看我說的：絕不加稅。

——布希，美國第四十一任總統

　　加稅與否，一直是美國大選的熱門話題。1988年，布希在紐奧良的一場競選演說上說了這句話，誰知等他上任後，還是加了稅。

　　"Read my lips" 直譯是「讀我的唇」，意思當然不是要大家學唇語術，而是仔細讀他說的話，話出我口，我絕對負責。

lip　（*n.*）嘴唇；複數形 lips 為「口、嘴巴」

tax　（*n.*）稅金

It might be said now that I have the best of both worlds: a Harvard education and a Yale degree.

— *John F. Kennedy*（*1917-1963*）

我現在可以說，世界最優秀的兩方我全佔了
位置：受教於哈佛，拿到耶魯學位。

— 甘迺迪，美國第三十五任總統

　　哈佛大學出身的甘迺迪1962年以總統之尊，到耶魯大學畢業典禮致詞並獲頒榮譽學位。哈佛和耶魯是美國頂尖名校，兩校卻常暗中較勁，誰也不服誰。甘迺迪這番話，剛好在兩邊都做了好人。

the best of both worlds　魚與熊掌、
兩個不同來源各自最好的東西
education　（*n.*）教育
degree　（*n.*）學位

How could this be a problem in a country
where we have Intel and Microsoft?

— *Al Gore*（*1948-*）

我們有 Intel 和 Microsoft 這兩大公司，怎麼會
讓 Y2K 成為難以解決的問題？

— 高爾，美國副總統

　　電腦程式中的錯叫 bug，在二十世紀倒數計時，準備迎接千禧年之際，全球產業界卻投入大量資金來對付 Y2K 這個 bug。因1999年跨入2000年時，電腦程式中有些設定可能會出亂子——所謂 Y2K 危機。當時的美國副總統高爾無法理解，這個擁有 Intel 和 Microsoft 兩大公司的科技大國，面對此一小問題，居然如臨生死災難！

　　高爾在參議員和副總統任內，對高科技產業著力甚深，曾促使政府撥款補助建立 Internet。同時，由於他的大力鼓吹，「資訊超級高速公路」（Information Superhighway）變成一個流行詞。2000年他和小布希競選總統落敗後，除了在大學教書，也擔任Google的顧問，更在2003年加入蘋果電腦董事會。

I'm glad I left that job to Tony Blair. I think I get more job satisfaction than he does and I expect my work will last longer.

— *Stephen Hawking*（1942- ）

我很高興把那個工作讓給了布萊爾。我想，我的工作滿足感比他好，我也預期我的工作可撐得更久。

— 霍金，英國物理學家

　　霍金笑說，少年時曾想當政治領袖，只因為不是生在美國，當不了美國總統，但也許有可能成為英國首相。但今天他很高興走上了物理研究之路，而「把那個工作讓給了布萊爾」（left that job to Blair）──布萊爾是英國首相。

　　布萊爾十幾歲初抵倫敦時，夢想成為搖滾歌星，曾露宿在公園的長椅上。他後來進入牛津大學攻讀法律，並參加搖滾樂隊，然後才成為律師，當上首相。

satisfaction （*n.*）滿意
expect （*v.*）期待、盼望
last （*v.*）持續

California is a fine place to live—if you
happen to be an orange.

— Fred Allen（*1894-1956*）

加州是適合居住的好地方──假如你
碰巧是顆柳橙的話。

— 佛瑞德‧艾倫，美國廣播諧星

在電視尚未問世之前，佛瑞德‧艾倫是著名廣播諧星，尤其他與傑克‧班尼（Jack Benny）共同主持的綜藝廣播秀，以他特殊的譏諷語氣嘲弄當代人物，包括支持節目的金主在內，話題辛辣，極受收音機前的聽眾歡迎。

加州和佛羅里達州一樣，陽光充沛，都是盛產柳橙的地方。

happen（*v.*）碰巧

America is a large, friendly dog in a very small room. Every time it wags its tail, it knocks over a chair.

— *Arnold J. Toynbee*（*1889-1975*）

美國是一隻大而友善的狗，在很小的房間裡。每次牠搖一下尾巴就碰倒了椅子。

— 湯恩比，英國歷史學家

　　湯恩比以十二卷本《歷史的研究》（*A Study of History*）聞名於世。一、二次世界大戰期間，他曾在外交部門工作，也出席1919年巴黎和平會議。他的歷史發展觀，以「文明之興衰」為主軸；他的思想則對歷史學、宗教、國際關係皆有巨大影響。他相信，人類歷史的結局注定是悲劇。

wag（*v.*）搖擺
knock（*v.*）碰撞
knock over　撞倒

科學大師
Science Gurus
CD * 17

Facts are the air of scientists. Without them you can never fly.

—*Linus Carl Pauling (1901-1994)*

事實是科學家賴以生存的空氣，少了它，你想像的翅膀將無以飛翔。

—鮑林，美國科學家

Science without religion is lame,
religion without science is blind.

— *Albert Einstein*（*1879-1955*）

少了宗教的科學是跛子，
少了科學的宗教是瞎子。

— 愛因斯坦，德裔美國物理學家

真與善不可偏失，這是愛因斯坦自始至終的信念。

lame（*adj.*）跛的
blind（*adj.*）瞎的

We are not only observers;
we are participators.

— *John Wheeler*（*1911-*）

我們不只是旁觀者；我們都是參與者。

　　　　　　　— 惠勒，美國物理學家

　　惠勒早年到哥本哈根跟隨波耳（Niels Bohr）研究原子核物理，對美國的原子彈、氫彈發展有重大貢獻。後來研究愛因斯坦的廣義相對論，發現大質量恆星的重力陷縮現象，率先創用「黑洞」（black hole）這個如今流行的名詞。惠勒擔任過美國物理學會會長，得過以色列的沃爾夫獎（Wolf Award）。他知名的學生之一是物理奇才費曼。

　　惠勒由研究物理宇宙論所悟得的世界觀是：世界（宇宙）並非在我們之外而存在，我們與在世界之中所發生的事有無可逃脫的關連；我們不只是旁觀者，我們都是參與者。

observer（*n.*）觀察者、旁觀者
participator（*n.*）參與者

Science is built up of facts, as a house is built up of stones; but an accumulation of facts is no more a science than a heap of stones is a house.

— *Henri Poincare*（*1854-1912*）

科學是根據事實而構成，如同房子是由石塊堆砌而成。但光是一堆石頭並不能構成房子，只有事實也未必就是科學，還需要有一種架構才行。

— 潘卡瑞，法國科學家

潘卡瑞是一全才型的科學家，對科學的哲學基礎有深入研究。後人面對既有的科學系統，往往會讚嘆其理論結構之嚴密完美，有如自然天成，但這當初可是許多大師們費盡心思去歸納整理，應用數學、理論架構完成的，可說是大師們「匠心」的心血結晶。楊振寧有詩：「天衣豈無縫？匠心剪接成！」贈陳省身，也是這個意思。

清朝的袁枚在談詩的創作時說：「莫道工師善聚材，也需結構費心裁。」不要以為工匠大師只是善於收集創作的材料，在結構上做巧妙的安排，更費盡心思，終能剪裁出精妙作品。

build up of 用…建成
accumulation（*n.*）累積、堆積
heap（*n.*）一堆

no more...than 並不比…更…、和…同樣不是

Science is a way of thinking much more than it is a body of knowledge.

— *Carl Sagan*（*1934-1996*）

科學不只是一些知識的集合，更是一種思考
方式。

—卡爾‧沙根，美國天文學家、科普作家

▲《卡爾‧沙根傳》書影

沙根這話和潘卡瑞的說法雷同。

a way of　一種
knowledge（*n.*）知識

All children ask questions. How do things work? Why are they the way they are? But as they grow up they get told these questions are stupid or that they don't have answers. I am just a child that has never grown up. I still keep asking these how and why questions. Occasionally I find an answer.

— *Stephen Hawking*（*1942-*）

所有的小孩都愛問問題：這些東西如何運作？它們爲何會如此？可是一旦他們長大，人家便告訴他們，這是笨問題，或這些問題沒有答案。我剛好是一個沒有長大的孩子，我仍然問東問西。偶爾，我會找到答案。

— 霍金，英國物理學家

stupid （*adj.*） 愚笨的

occasionally （*adv.*） 偶爾、有時

She would say, "Did you ask a good question today?" That difference—asking good questions—made me become a scientist.

— *Isidor Isaac Rabi*（*1898-1988*）

我母親會問：「你今天有沒有問有意義的問題？」就這麼一點不同──問有意義的問題，使我成為一個科學家。

— 拉比，美國物理學家

學問「好問題」，造就大科學家。

拉比是1944年諾貝爾物理獎得主，長期領導哥倫比亞大學物理系，是推動美國物理科學發展的主要人物。

他從小住在紐約布魯克林區，大部分的猶太媽媽常會在放學後問小孩：「你今天有沒有學到東西？」可是，拉比的母親卻習慣問他：「你今天有沒有問有意義的問題？」拉比認為母親就是這樣，在無意中使他成為一個科學家。

difference （*n.*） 不同、差異
scientist （*n.*） 科學家

Facts are the air of scientists. Without them you can never fly.

— *Linus Carl Pauling*（*1901-1994*）

事實是科學家賴以生存的空氣，少了它，
你想像的翅膀將無以飛翔。

— 鮑林，美國科學家

鮑林是1954年諾貝爾化學獎得主，又因反戰和廢止核武的主張而獲得1962年諾貝爾和平獎。他也因大力鼓吹維他命Ｃ對感冒和其他疾病之療效，而廣爲人知。

▲上伏塔發行的鮑林紀念郵票

Reality must take precedence over public relations, for Nature cannot be fooled.

— *Richard P. Feynman*（*1918-1988*）

辨明真相必須優先於搞公共關係，因為大自然法則是無法愚弄的。

— 費曼，美國物理學家

　　1986年1月28日，「挑戰者號」（Challenger）太空梭在一升上空的剎那就起火爆炸，上面的七名人員當場罹難，包括一名國小女教師，震驚了電視機前看現場轉播的全球觀眾。雷根總統（Ronald Reagan）下令成立調查委員會，費曼也是委員之一。

　　費曼是1965年諾貝爾物理獎得主。他發現太空梭可能發生的問題，早就有人提出警告，但美國航空太空總署（NASA）的人員置之不理。挑戰者號的災難，其根本原因來自NASA的管理問題。NASA組織上的官僚作風造成人員的工作心態偏差，因而掩蓋了許多原可防範的問題。

reality（*n.*）真實、事實
precedence（*n.*）領先、優先權
take precedence over　比…優先
public relations　公共關係

Nothing is too wonderful to be true, if it be consistent with the laws of nature, and in such things as these, experiment is the best test of such consistency.

— Michael Faraday（1791-1867）

只要是合乎自然定律，沒有什麼事物會因太神奇而不真實，就此而言，實驗是檢驗一致性的最佳方法。

— 法拉第，英國科學家

consistent（*adj.*）符合的、一致的

experiment（*n.*）實驗

consistency（*n.*）一致

Science is an edged tool, with which men play like children, and cut their own fingers.

— *Arthur Eddington*（1882-1944）

科學是有刃的工具，人們像兒童一樣的玩弄它，結果割傷了自己的手指。

— 愛丁頓，英國物理學家

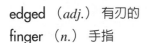

edged （*adj.*） 有刃的
finger （*n.*） 手指

經營管理
Management
CD＊18

For this to work, you must have an environment where people feel safe about giving their ideas.

—*Michael D. Eisner*（*1942-*）

這計畫要成功，必須有一個讓員工能放心發言、提出點子的環境。

—麥可・艾斯納，美國迪士尼公司執行長

I only wish I could find an institute that
teaches people how to listen. After all,
a good manager needs to listen at least
as much as he needs to talk.

— *Lee Iacocca*（1924- ）

我只希望可找到一所學院教人學會如何
傾聽。畢竟，一個好的經理人至少要聽
的和講的一樣多。

— 艾科卡，美國企業家

艾科卡在1980年代使克萊斯勒汽車公
司反敗為勝，而名噪一時，他以自身
經驗寫下暢銷書《反敗為勝》。

after all　畢竟、終究
institute （*n.*）學院、機構
manager （*n.*）經理人

▲艾科卡自傳《反敗為勝》書影

Being responsible sometimes means making some people angry.

— *General Colin Powell* （*1937-* ）

所謂有擔當，有時即意味著不怕惹火別人。

— 鮑爾將軍，美國國務卿

討好所有的人？NO!

　　鮑爾將軍是波斯灣戰爭（Gulf War）一戰成名的黑人將軍，後來小布希總統延攬他入閣，擔任國務卿，乃美國史上黑人擔任最高政府職務者。他認為領導者要能以理服人，可是在大的組織或社會，猶如林子大了，什麼樣的鳥兒都有，一旦人多，總會有些不可理喻的人存在。擔當任事者想完成任務，要有不怕得罪人的心理準備。這句話也有人寫成："Being responsible sometimes means pissing people off."

responsible （*adj.*）承擔責任的、有擔當的

If you want to know how well somebody did on an acquisition, take all the emotion out. Then ask did you gain market share and did you keep the people? If the answer is no and no, you failed miserably. If the answer is one no, you just failed.

— *John Chambers*（*1949-*）

如果你想知道某個人的併購是否做得成功，就要去掉感情因素。然後問：你的市場佔有率有無提高？有無留住人才？如果兩者皆否，那就太慘了。如果只有一個爲否，那也不算成功。

— 錢伯斯，美國思科系統公司總裁

在高科技業，併購公司以取得技術和市場是常用的手段。思科（Cisco Systems）的快速成長，得力於多方併購其他公司。併購的成功之道，這段話是錢伯斯的經驗之談。

acquisition （*n.*）併購
emotion （*n.*）感情、情緒
market share　市場佔有率
miserably （*adv.*）悲慘地

Fortune favors the bold, but abandons the timid.

— *Publius Virgilius Maro Virgil*（*70BC-19BC*）

幸運眷顧勇者，卻放棄膽怯者。

— 維吉爾，古羅馬詩人

fortune （*n.*） 幸運
favor （*v.*） 照顧、眷顧
bold （*adj.*） 大膽的、勇敢的
abandon （*v.*） 拋棄、放棄
timid （*adj.*） 膽怯的

▲古羅馬詩人維吉爾畫像，身旁是兩位繆斯女神

　　梭羅（Lester Thurow, 1938-）是MIT（麻省理工學院）教授，也是著名的經濟趨勢學家，同時擔任台積電外部董事。他曾多次來台，在台北的一場演講中指出，全球經濟局勢詭譎多變，唯有具備勇氣和膽識的「勇者」，採取實際行動，放手一搏，才有機會在新局面中贏得勝出。

　　他強調：勇氣膽識，是現代企業存活的關鍵。

If you are bold, you may lose; if you are not bold, you will lose.

— Lester Thurow

　　採取行動，大膽一搏的人，有時成功，有時失敗；但是什麼都不敢做的人，注定失敗。

— 梭羅

　　實際上，這句話並非梭羅的原始創意。此語出自兩千多年前，古羅馬詩人維吉爾的一首詩。也是電影《亞歷山大帝》開場白。

　　梭羅並以 "Fortune Favors the Bold" 作為他著作的書名，中譯本取名《勇者致富》。維吉爾的名句，拜梭羅引用之賜，又流行一時。這句話不僅可供企業引用，也可用在一般人身上，所謂「敢拼才會贏」。

I've always felt that it's the good people
around me that made me look good.
It's definitely not threatening to me to
hire people that are good.

— *Sandy Kurtzig*

我一直覺得，我的表現好是因為身邊有好的人才。僱用好的人才絕對不會威脅到我的地位。

——珊蒂·柯齊格，美國ASK公司執行長

身邊有優秀人才輔助，主管如虎添翼。

definitely（*adv.*）確定地、絕對
threatening（*adj.*）威脅的
hire（*v.*）僱用

> Respect for identity is very important because the basic backbone of the company is the motivation of its people.
>
> — *Carlos Ghosn*（*1954-*）
>
> 尊重員工的認同感是很重要的，因為公司的基本生存之道是靠員工自發的積極性。
>
> —— 高恩，Nissan 汽車社長

　　日本企業文化非常特殊。法國雷諾汽車入主日產（Nissan）汽車，黎巴嫩裔的法籍主管高恩派駐日本，領導日產反敗為勝，坐上社長之位，是日本企業再造的成功範例。他強調領導者的三個標準：績效、價值與透明度。他本身雖然不會日文，卻成功提升了員工的認同和幹勁。

　　2004年《日經新聞》以票選方式遴選「平成經營名人」，最後由高恩奪冠。平成為日本年號，2004年為平成十六年。歷經泡沫經濟崩潰的平成時代，對日本企業而言，這是邁向重生的苦鬥史。高恩讓日產起死回生，轉虧為盈，獲得「日產拿破崙」之美譽，實至名歸。其表現被認為優於TOYOTA、CANON、SONY等知名企業的社長。

respect （*n.*）尊重　　　　backbone （*n.*）脊柱
identity （*n.*）認同　　　　motivation （*n.*）動機

There is no resting place for an enterprise in a competitive economy.

— *Alfred P. Sloan*（*1875-1966*）

在競爭的經濟中，企業不能休息。

— 史隆，美國企業家

　　史隆，美國企業家，著名學府MIT、史丹佛大學都有設立 Sloan 商學院紀念他。他的理念是：競爭無止境，企業無休，但人要適度休息。通用汽車（General Motor）在他管理期間，曾爲世界第一大公司。

enterprise （*n.*） 企業
competitive （*adj.*） 競爭的
economy （*n.*） 經濟

▲史隆畫像

科技產業
Hi-tech Industries
CD19

由於高科技產業在經濟上扮演重要的角色，一些業界領袖
也成為媒體寵兒，言行備受矚目。在本篇中，我們來看一下
高科技人的高見。

Who Says Elephants Can't Dance?

—*Louis Gerstner*（*1942-*）

誰說大象不會跳舞？

—葛斯納，IBM執行長兼董事長

Apple's biggest mistake was that it got immensely greedy.

— *Steve Jobs*（1955- ）

蘋果電腦的最大錯誤是過度貪心。

— 史蒂夫·賈布斯，蘋果電腦創辦人

　　蘋果電腦創辦人賈布斯多年後再度回到蘋果電腦重掌兵符，回顧當年 Apple 由盛而衰的原因，他認為是「過度貪心」。

immensely （*adv.*）　龐大地、廣大地
greedy （*adj.*）　貪婪的

Power comes not from knowledge kept but from knowledge shared. A company's values and reward system should reflect that idea.

— *Bill Gates*（1955-）

權力並非來自知識的擁有，而是來自知識的分享；一個公司的經營價值與獎賞制度應該體現出此一認知。

— 比爾・蓋茲，微軟創辦人

　　比爾・蓋茲因擁有最多微軟股票，連續多年蟬連世界首富。在知識經濟的時代，如何掌握並活用可取得之智慧知識資產，已成為企業的成功要件。許多公司投入大量資金，架構企業內的知識管理系統（knowledge management system）。蓋茲上述這段話指出，如何分享並活用知識比只是保有知識更為重要。企業的經營管理與獎賞制度必須將此列入考慮，即要正確評價員工對創造和分享智慧知識資產的貢獻度。許多大公司都是董事長兼執行長（CEO），蓋茲把微軟公司CEO的職位交予他人，給自己的頭銜是：Chief Software Architect（主軟體建築師），也有人說他應該是CKO（知識長，Chief Knowledge Officer）。

reward（*n.*）獎賞　　　　　　　reflect（*v.*）反映

Only the Paranoid Survive.

— Andy Grove（1936-）

唯戒慎恐懼者得以生存。

—安迪‧葛洛夫，英特爾執行長

　　這是Intel掌門人葛洛夫的信條，也是他一本著作的書名。這句話常被譯成：「只有偏執狂才能生存。」其實並不是很正確。他提出「策略轉折點」（Strategic Inflection Points）的說法，在快速改變的時代，要注意常有策略大轉折的發生。

paranoid （*n.*） 多疑妄想者、
戒慎恐懼者、神經ㄉㄉ的人
survive （*v.*） 倖存、活下來

▲《商業周刊》以葛洛夫為封面人物

Where is the wisdom we have lost
  in knowledge?
Where is the knowledge we have lost
  in information?

— T.S. Eliot（1888-1965）

在成堆的知識中，如何找出迷失的智慧？
在泛濫的資訊中，何者是有用的知識？

— 艾略特，英國詩人

快要被電腦和網路產生的資訊淹沒了
嗎？原籍美國，後入籍英國，1948年
獲諾貝爾文學獎的艾略特，這句詩寫
於1934年，當時電腦都還沒誕生呢！
詩人真是時代的先知。

wisdom （*n.*） 智慧
knowledge （*n.*） 知識
information （*n.*） 資訊

▲1986年美國發行的艾略特紀念郵票

One of our sayings is："Don't perfume the pig." By that we mean, "Don't try to make something appear better than it really is."

— *Michael Dell*（1965-）

我們的信條之一：「不要給豬灑香水。」
也就是說：「不要把事物包裝掩飾得看起來比真實面目好。」

——麥可‧戴爾，戴爾電腦創辦人

　　戴爾是繼比爾‧蓋茲之後電腦業的少年英雄，備受媒體矚目。他說出 "Don't perfume the pig." 這句話，也就是不文過飾非，因他深知高科技業者偶有誇大其辭的毛病。

saying（*n.*）格言、諺語
perfume（*v.*）灑香水
appear（*v.*）看起來

You affect the world by what you browse.

— *Tim Berners Lee*（*1955-*）

你對世界的影響要看你瀏覽了什麼內容而定。

—提姆‧伯納斯‧李，網際網路發明人

1980年，出身英國牛津的伯納斯‧李在歐洲核子研究中心（CERN）任職，突發奇想，以HTML語言賦予電腦中的每一項資料一頁網址，WWW（World Wide Web）於焉產生。

因網路致富的人甚多，倒是WWW的發明者既沒有申請專利，也自願放棄智慧財產權。

affect（*v.*）影響
browse（*v.*）瀏覽

Not only did the technology come out of it, but Fairchild also served as a successful and encouraging example of entrepreneurship— the if-that-jerk-can-do-it-so-can-I syndrome.
— *Gordon Moore*（*1929-*）

Fairchild公司不僅是矽谷科技業發展的源頭，也是一個成功和鼓舞人心的創業精神典範，從此衍生了「如果那混蛋可以，我也行」的創業症候群。

— 戈登・摩爾，Intel 創辦人

not only...but also　不但…而且
technology（*n.*）科技、工業技術
serve as　擔任
entrepreneurship（*n.*）創業家精神
jerk（*n.*）蠢人、笨蛋、混小子
syndrome（*n.*）症候群

▲戈登・摩爾

戈登‧摩爾先加入 Fairchild公司，然後自行創立 Intel。加州矽谷乃至台灣的高科技公司，其淵源都可追溯至 Fairchild。矽谷可說是「創業家精神」發揚光大之地。

在《商業周刊》2003年美國最慷慨的慈善家調查排行榜中，戈登‧摩爾夫婦名列第二，僅次於比爾‧蓋茲夫婦。

摩爾目前是國際保護組織（Conservation International）執行委員會的主席，早在2000年的美國十大慈善家排行榜上，摩爾即以五十億美元的累積捐贈額度和比爾‧蓋茲並列第一，可說是科技富豪「散財有道」的典範人物。

Make someone else's front room your back room and insist on getting their best. This is what outsourcing is all about.

— *Jack Welch*（1936- ）

把別人的前廳當作你的後室，而且堅持要拿到最好的，這就是「委外生產」的要訣。

— 傑克·威爾許，奇異公司（GE）董事長

　　企業營運需要有不同的功能組織，由於產品市場重點不同，往往有些部門成為熱門主幹；相對地，某些功能組織易成為支援的角色。威爾許在此用「後室」（back room）來指那些較不受人注意、不易吸引好人才的部門。有些公司將某些 IT、測試……等工作，委託專業服務公司代包，就是基於此種考量。而像廣達、台積電這些公司就是以自己的前廳作為客戶的後室，而成為代工業的典範。

insist on　堅持

outsourcing　（*n.*）委外生產

Once companies begin to outsource, they
never go back.

— *Barry Lam*（1948- ）

這些公司一旦開始委外生產，就不會再走
回頭路了。

— 林百里，廣達電腦董事長

　　台灣科技產業的抬頭，可說是拜PC業蓬勃發展之賜。而PC業最大的業務來自替IBM, HP, Compaq, Dell⋯等外國公司品牌代工生產。廣達（Quanta）是PC代工業的龍頭，不打自己品牌，可說是全世界最重要卻知名度最低的電腦製造業者。在廣達公司的股票上市前，創辦人林百里一直很低調，卻是僑生在台創業的最佳典範。林百里看準的 "outsourcing" 趨勢，在此所指的是，只要你做得比原廠自己生產的效率高，大廠委外生產的規模就會一直擴大。

　　附記：林百里在香港長大，大學時才從香港到台灣就學，因此他的姓是照廣東發音拼成Lam。

outsource（*v.*）委外生產

I'm a different person today. I've beefed up the way we validate our technology before it gets out the door. We went from having a product-engineered orientation to a consumer orientation.

— Albert Yu（1941- ）

（經過奔騰晶片的危機磨練之後）現在我已是不一樣的人了，我已對我們推出的技術加強驗證，做好產品上市前的把關工作，我們已由產品工程導向轉型為消費者導向。

— 虞有澄，華人在 Intel 職位最高者

beef up　增強、擴大

validate （*v.*）　驗證、確認、使有效

get out the door　離開家門，此處指產品被送到市場

orientation （*n.*）　方向、取向、傾向

consumer （*n.*）　消費者

　　1994年，Intel 公司推出奔騰（Pentium）晶片，不久有人指出在某種情況下，此一微處理器（microprocessor）的運算會出錯，Intel 的技術人員判斷此種狀況出現的機率太低，先是否認、反駁，在外界批評和媒體強烈報導之後，最後才承認錯誤。虞有澄身爲微處理產品部門的負責人，經歷此一職場的重大考驗。Intel 本身也學到教訓：要理解市場消費者的心理，不能老是用工程人員處理技術問題的方式來對付。

　　在你的生命中，有何經歷，令你有"I'm a different person today."，有脫胎換骨的感想？

話說政治
Politics and Politicians
CD * 20

「政治家」(statesman)和「政客」(politician)有何分別？
根據韋氏大字典,政治家是一個沒有狹隘黨派私心的政治
領袖,而政客則是因自私或短視的原因對政治職位有興趣
的人。無論是政治家或政客,許多都能言善道,本篇收集
與政治相關的名言。

No wonder Americans hate politics when,
year in and year out, they hear politicians
make promises that won't come true
because they don't even mean them —
campaign fantasies that win elections but
don't get nations moving again.

— *Bill Clinton*（1946- ）

無怪乎美國人痛恨政治，年復一年，他們老是
聽政客們亂做一些絕不會實現的承諾，根本就
不當一回事——這是競選幻想曲，雖然贏了選
舉，卻對國家沒有絲毫進展。

— 柯林頓，美國第四十二任總統

　　亂開競選支票，是中外民主選舉共有的現象。這是柯林頓1992
年在底特律的競選詞，同年他勝選美國總統，成為二次大戰後出生
的新生代入主白宮第一人。

politics （*n.*） 政治
year in and year out
歲歲年年、不斷、始終
politician （*n.*） 政客
come true　實現

mean （*v.*） 有意於、
打算做、把…當真
campaign （*n.*） 競選
fantasy （*n.*） 幻想
election （*n.*） 選舉

Those insensitive to the signals of their time shall be surpassed by history.

— *Mikhail Gorbachev*（1931-）

昧於時代變化警訊的人，
終將被歷史潮流所淘汰。

— 戈巴契夫，蘇聯總統

insensitive （*adj.*）
沒感覺的、無回應的
signal （*n.*） 訊號
surpass （*v.*） 超越、凌駕

▲剛果民主共和國發行的戈巴契夫紀念郵票

Power tends to corrupt and absolute power corrupts absolutely.

— Lord Acton（*1834-1902*）

權力使人腐化，絕對的權力使人絕對腐化。
　　　　　　　　— 艾克頓爵士，英國歷史學家

　　艾克頓是英國劍橋大學教授，這句政治學的名言，意謂著當權者的權力若太大，一旦嘗到權力的滋味，它的許多弊端也將浮現，必須有所制約。

tend to　傾向於⋯、往往會⋯
corrupt　（*v.*）腐化
absolute　（*adj.*）絕對的

Governing a large country is like frying a small fish. You spoil it with too much poking.

— *Lao-tzu*（*604-531 BC*）

治理大國，有如烹煮小魚，要溫火慢煎。
如果火候未到就隨意撥弄，反而會壞事。

— 老子，春秋時代思想家

美國第四十任總統雷根（Ronald Reagan, 1911-）在國情報告時引用老子的名言：「治大國如烹小鮮。」治理大國，要像烹煮小魚一般小心謹慎，以免燒焦。

老子的英文名亦作 Lao Tzu, Lao-tze等。

govern（*v.*）統治、治理
fry（*v.*）煎
spoil（*v.*）弄壞、糟蹋
poke（*v.*）戳、刺

It doesn't matter if a cat is black or white,
so long as it catches mice.

— Deng Xiaoping（1904-1997）

不管黑貓、白貓，只要會抓老鼠就是好貓。

— 鄧小平，中共領導人

　　文革後，鄧小平打出改革開放的旗號，面對各種路線和思想鬥爭，他提出了黑貓白貓論，指示同志們要務實不搞鬥爭，集中力量發展經濟。

so long as　只要…
catch（*v.*）抓、捕
mice（*n.*）老鼠（mouse 的複數形）

The struggle for individual freedom is the struggle for the nation's freedom. The struggle for your own character is the struggle for the nation's character.

— *Hu Shih（1891-1962）*

爭你們個人的自由，便是爲國家爭自由！
爭你們自己的人格，便是爲國家爭人格！

— 胡適，中國學者

▲年輕時的胡適

struggle （*n.*） 掙扎、奮鬥
individual （*adj.*）個人的、個體的
character （*n.*） 人格、性格

　　美國努力和中國修好，在1998年安排柯林頓總統前往西安、北京、香港等九地訪問。其間，柯林頓在北京大學的一場演說，也做了電視轉播。在後段，他引用胡適的名言：「現在有人對你們說：犧牲你們個人的自由，去求國家的自由！我對你們說：爭你們個人的自由，便是爲國家爭自由！爭你們自己的人格，便是爲國家爭人格！」強烈傳達了美方的信念：自由有助於中國大陸的社會穩定和改革。

　　胡適來到台灣前，曾任北大校長，是中國自由主義知識份子的代表人物。白宮的寫作班子爲柯林頓在北大的講稿穿插這一段話，實在是巧用心思。

If you just set out to be liked, you would be prepared to compromise on anything at any time, and you would achieve nothing.

— *Margaret Thatcher*（1925-）

如果以討好為出發點，你只好隨時準備妥協，最終則一事無成。

—柴契爾夫人，英國首相

柴契爾夫人有「鐵娘子」（Iron Lady）之稱，以上這段話充分顯示出「鐵娘子」的性格。她於1979至1990年擔任首相，不僅是首位女性首相，也是英國自十九世紀中葉以來任期最長的首相。

set out　出發
compromise（*v.*）妥協
achieve（*v.*）完成、實現

Politics are too serious a matter to be left to the politicians.

— *Charles de Gaulle*（*1890-1970*）

政治是如此重大的事，以至於不能只交予
政客們去搞。

—— 戴高樂，法國總統

　　戴高樂是軍人出身，能武善文，寫過許多有關軍事和政治領導的書。二次世界大戰時他挺身反抗法國政府的投降政策，流亡海外領導自由法國運動，從此成為法國的領袖人物。戰後他出任總統，長期執政，創建了法國的第五共和。

serious （*adj.*）嚴重的、重大的

When America says something, America means it, whether a treaty or an agreement or a vow made on marble steps.

— *George Bush*（1924- ）

美國說話算話，不論是條約、協定或是在大理石台階上所發表的一個誓言。

—布希，美國第四十一任總統

這是老布希總統1989年的就職演說詞。他這段話的上一句是：「偉大的國家就像偉大的人物一樣，說話算話。」（Great nations like great men must keep their word.）

美國總統就職典禮近年來都在華府國會大廈（the Capitol）西側門廊平台上舉行，其四周台階皆為大理石砌成。

treaty（*n.*）條約
agreement（*n.*）協定
vow（*n.*）誓言
marble（*adj.*）大理石的
step（*n.*）台階

Men may be linked in friendship. Nations are linked only by interests.

— Rolf Hochhuth（*1931-*）

人與人之間可能靠友誼而結合在一起，而國與國之間卻只會因利益而結合。

—霍賀胡特，德國劇作家

＊這就是國際政治的現實。

link（*v.*）連接　　　　　　　interest（*n.*）利益

A politician is a person who can make waves and then make you think he's the only one who can save the ship.

— Ivern Ball（*1926-*）

政客是一些興風作浪，再設法令你相信，他是唯一能拯救船隻的人。

—伊沃·包爾，美國作家

成寒英語有聲書 1
綠野仙蹤

Level: 3

──沒讀過美國經典童話《綠野仙蹤》，你可能會看不懂、聽不懂許多英文，舞台劇的生動演出，節奏輕快，咬字清晰。讀者一致稱讚：如此好聽的有聲書，英語還會學不好嗎？中英對照，附加生字、生詞解說及聽力測驗。採用大量插圖，圖文書編排。《成寒英語有聲書》是「正常速度」的英語，讓讀者一口氣聽下來，先享受聽故事的樂趣，再細讀文中的單字及片語的用法，學著開口說，然後試著寫。作家侯文詠專文推薦。

成寒英語有聲書 2
靈媒的故事

Level: 3

── 一個命運坎坷的棄兒，一出生就被丟在公車上。年少輕狂的他做小偷，終於被關入牢裡。在獄中他認識一個哈佛畢業的老頭子，這人看出棄兒天資聰穎，於是教他讀書，說一口漂亮的英語，還有做靈媒的各種技巧：預卜未來、知道過去，與亡者通靈。孤兒從小偷一變成為靈媒，名聲遠播。許多人來求問前途，連警方都來找他幫忙破案……一則發人深省的故事。國家圖書館主任王岫專文推薦。

成寒英語有聲書 3
尼斯湖水怪之謎

Level: 3

──在蘇格蘭尼斯湖深深的湖底，有隻水怪，看過的人都說像蛇頸龍或像魚或像……；沒看過的人說那是人們編造的，其實那是鯨魚、海豹或漂流的木頭。尼斯湖水怪到底是真、是假？本書為您揭開這個謎。東吳大學英文系副教授金堅專文推薦。

成寒英語有聲書 4
推理女神探

Level: 3

──美國新英格蘭區的一座豪宅發生命案，被害人是男主人麥可‧葛瑞。警方派年輕貌美的女警探Ｋ前來調查。這是Ｋ負責偵辦的第一件案子，她發現屋子裡的人，包括女主人、女主人之弟、男主人舊日軍中同袍、年輕女祕書，還有女管家，每個人都有嫌疑，每個人都有犯案的動機。可是Ｋ找不到任何犯案的證據，現場也找不到凶器，但確信男主人不是自殺的……這本推理小說，考你的判斷能力，究竟誰是凶手？這是一本德國、法國初中生必讀的英語課外讀本。
全書彩色印刷，配上精采的插圖，多人情境戲劇演出，句型簡單，故事引人。由台大醫學院教授張天鈞專文推薦。

Studying系列㉑

成寒英語有聲書5——一語動人心

編　　著－成寒

主　　編－莊瑞琳

美術編輯－林麗華

企　　劃－曾秉常

總編輯－余宜芳

董事長－趙政岷

出版者－時報文化出版企業股份有限公司
108019台北市和平西路三段二四〇號四樓
發行專線－（〇二）二三〇六－六八四二
讀者服務專線－〇八〇〇－二三一－七〇五・（〇二）二三〇四－七一〇三
讀者服務傳眞－（〇二）二三〇四－六八五八
郵撥－一九三四四七二四時報文化出版公司
信箱－10899台北華江橋郵局第九十九信箱

時報悅讀網－http://www.readingtimes.com.tw

電子郵件信箱－history@readingtimes.com.tw

法律顧問－理律法律事務所　陳長文、李念祖律師

印　　刷－華展彩色印刷有限公司

初版一刷－二〇〇四年五月三日

初版十七刷－二〇二三年十二月十九日

定　　價－新台幣二五〇元

版權所有　翻印必究（缺頁或破損的書，請寄回更換）

時報文化出版公司成立於一九七五年，
並於一九九九年股票上櫃公開發行，於二〇〇八年脫離中時集團非屬旺中，
以「尊重智慧與創意的文化事業」爲信念。

成寒英語有聲書. 5, 一語動人心 / 成寒編著. --
初版. -- 臺北市：時報文化, 2004[民93]
　面；　公分. -- (Studying系列；21)

ISBN 978-957-13-4096-8(平裝附光碟片)

1. 英國語言 - 讀本

805.18　　　　　　　　　　　　93005324

ISBN 978-957-13-4096-8
Printed in Taiwan